Geronimo Stilton

LE VOYAGE DANS LE TEMPS

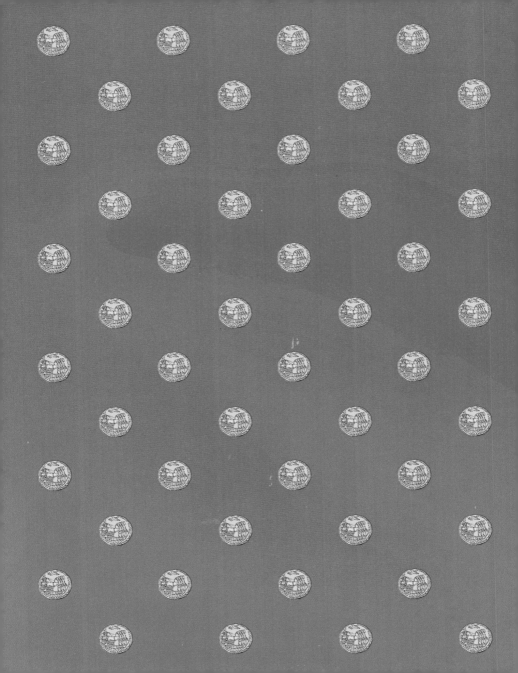

Geronimo Stilton

LE VOYAGE DANS LE TEMPS

LES ROMAINS - LES MAYAS - LE ROI-SOLEIL

ALBIN MICHEL JEUNESSE

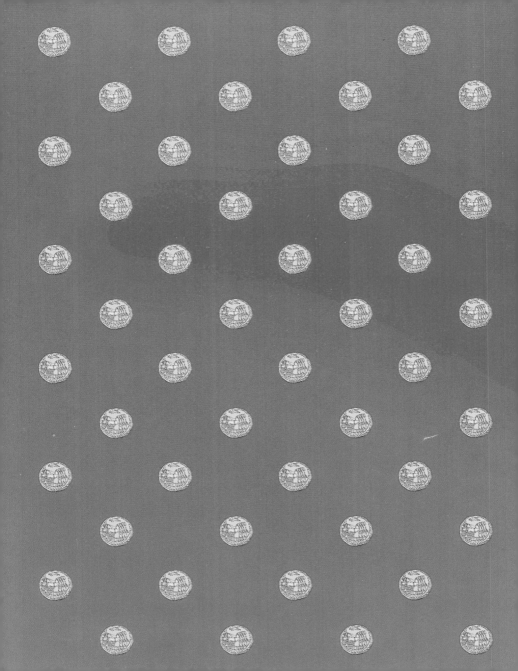

CE LIVRE
APPARTIENT À :

Tristan

Dufresne

LES PERSONNAGES DU VOYAGE DANS LE TEMPS

Geronimo Stilton

Chers amis rongeurs, mon nom est Stilton, Geronimo Stilton. Je vais vous raconter l'une de mes aventures préférées. Je vous présente mes amis…

Téa Stilton

Dynamique et sportive, ma sœur Téa est l'envoyée spéciale du journal que je dirige, *L'Écho du rongeur*.

Benjamin Stilton

Ah, Benjamin ! C'est vraiment mon neveu préféré : il est tendre et affectueux... Lui, au moins, il m'aime !

Traquenard

Il est vraiment insupportable. Son passe-temps favori, c'est de me faire des farces... Mais c'est mon cousin, et je l'aime bien !

AMPÈRE VOLT

Inventeur génial, le professeur Volt se consacre à des expériences scientifiques bizarres en tout genre. Cette fois, il a construit... la capsule Solarya pour voyager dans le temps !

UN SOIR COMME TOUS LES AUTRES SOIRS... OU PRESQUE !!!

Ce soir-là ressemblait à tous les autres soirs.

C'était un **GLACIAL** vendredi d'automne, et j'étais resté très tard au bureau.

Euh, je suis un gars, *ou plutôt un rat,* trèèès *occupé...*

C'est moi, GERONIMO STILTON, dans mon bureau !

Oh, excusez-moi, je ne me suis pas présenté.

Mon nom est Stilton, *Geronimo Stilton* !

Je dirige *L'Écho du rongeur*, le plus célèbre journal de l'île des Souris !

Ainsi donc, je disais que, ce soir-là, je rentrai chez moi très tard, vers **minuit**.

J'étais épuisé et n'avais qu'une envie : aller au **dodo**.

J'enfilai mon pyjama et m'assis dans mon fauteuil, devant la cheminée, quand…

Sirène d'alarme du professeur Volt !

Une sirène de dix mille MÉGAWATTS me perfora les tympans. C'était la SIRÈNE D'ALARME que le professeur Volt avait installée chez moi, pour m'appeler à l'aide à n'importe quel moment !

Mes moustaches vibrèrent de frousse et mes amygdales s'entrechoquèrent !
Je me levai, mais…

mon crâne cogna   contre une étagère !

J'étais complètement ÉTOURDI !

Mon museau heurta une ampoule !

Je dérapai sur un chocolat, tapai du museau par terre, puis tombai à la renverse près de la cheminée et me brûlai l'arrière-train !

Je sautillai en hurlant « Aïïïïïïïïïïïïïïïïïïe ! »

1

Je grignotai tranquillement un chocolat devant ma cheminée quand...

2

... une sirène de dix mille mégawatts me perfora les tympans.

3

Je me levai, mais mon crâne cogna contre une étagère.

4

J'étais complètement sonné !

5

Je trébuchai sur une lampe qui me dégringola sur le museau...

6

... je dérapai sur un chocolat et tombai à la renverse...

7

... je m'affalai près de la cheminée et me brûlai l'arrière-train...

8

... je renversai le guéridon et fis tomber l'aquarium...

9

... de mon poisson rouge adoré Hannibal...

10

... que je rattrapai au vol, puis je courus vers la salle de bains...

11

Je remplis l'aquarium et le poisson put nager de nouveau...

12

Je poussai un soupir de soulagement. Ouf, Hannibal était sauvé !

Je me cognai contre le guéridon et fis tomber l'aquarium de mon POISSON rouge adoooooooooooooooooré Hannibal !

Je le rattrapai au vol et courus à la salle de bains pour remplir l'aquarium. Je soupirai :

– OUFF !

C'est alors que je me souvins d'une chose...

Tout avait commencé avec la SIRÈNE D'ALARME du professeur Volt : il avait besoin de moi !

Je regardai au-dehors et vis un très loooooooooooooooooong camping-car qui BRILLAIT comme un miroir.

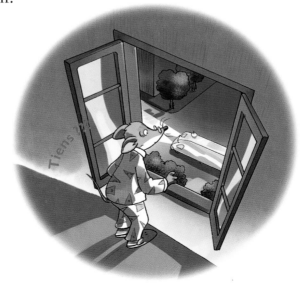

Tiens ??? Mais c'est le **LABORATOIRE SECRET** du PROFESSEUR VOLT !
Je me changeai en quatrième vitessssssssssssssssssse et me précipitai dans la rue pour rejoindre le professeur.

Scouiiit !!!

Un secret top secret ultrasecret !

Euh, avant de poursuivre ce récit, il faut que je vous explique qui est le **PROFESSEUR VOLT** !
Je le connais depuis longtemps et c'est justement avec lui que j'ai effectué mon premier *VOYAGE DANS LE TEMPS*...

PROFESSEUR VOLT

C'est le plus célèbre savant de l'île des Souris. Il parcourt le monde pour se livrer à de mystérieuses expériences. C'est avec lui que Geronimo a fait un VOYAGE DANS LE TEMPS plein d'aventures, dans la Préhistoire, dans l'Égypte antique et au Moyen Âge.

Le **PROFESSEUR VOLT** effectue ses expériences dans des endroits secrets, pour que personne ne puisse *espionner…*

… pour que personne ne puisse *espionner* ses inventions !

C'est pourquoi **PERSONNE** ne sait jamais où se trouve le professeur.

Il répète souvent qu'il a confiance en moi, rien qu'en moi : il dit que je suis un vrai *noblerat.*

En ce moment, son laboratoire est installé dans un camping-car qui luit comme un miroir, et dans lequel il roule sans jamais s'arrêter pour semer les curieux !

Tournez la page et découvrez ce laboratoire.

Mais attention… c'est un secret top secret ultrasecret !

Ne le dites à personne personne personne !

Tourne la page avec moi !

LE LABORATOIRE SECRET

ENTRÉE DU CAMPING-CAR

PREMIÈRE PARTIE DU CAMPING-CAR

DU PROFESSEUR VOLT !

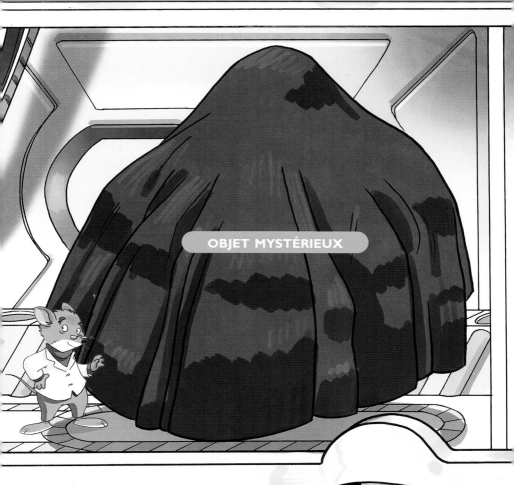

PANNEAUX SOLAIRES

OBJET MYSTÉRIEUX

LA PAGE POUR DÉCOUVRIR LES AUTRES PARTIES DU CAMPING-CAR !

PANNEAUX SOLAIRES

$Fx : y = x?$
$© + z =$

?

SALLE DE RÉFLEXION

ARCHIVES

COFFRE-FORT

SALLE DE MUSIQUE

BIBLIOTHÈQUE

DEUXIÈME PARTIE DU CAMPING-CAR

ZONE INTERNET

CENTRE D'ÉLABORATION DES DONNÉES

LABORATOIRE DE CHIMIE

A PAGE POUR DÉCOUVRIR LA DERNIÈRE PARTIE DU CAMPING-CAR !

CHAMBRE À COUCHER

RÉSERVE D'EAU

H₂O

SALLE DE BAINS

CUISINE

CELLIER

TROISIÈME PARTIE DU CAMPING-CAR

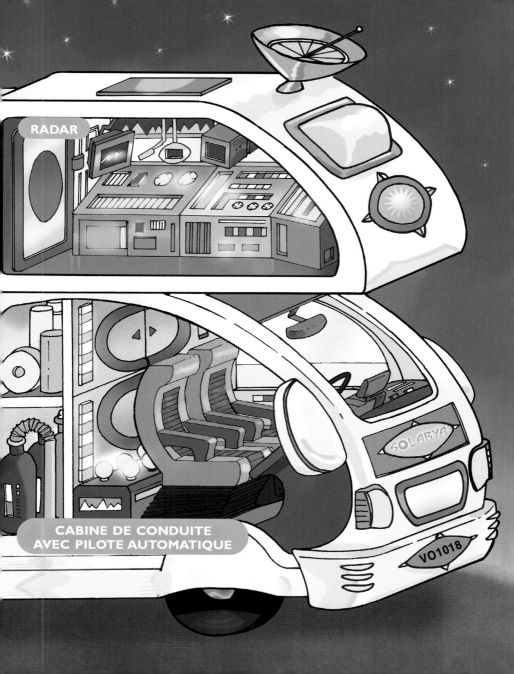

RADAR

SOLARYA

VO1018

CABINE DE CONDUITE
AVEC PILOTE AUTOMATIQUE

STILTUN...
GERONIMO STILTUN !

Je courus derrière le camping-car et criai :
– Professeur Volt ! C'est moi ! *Geronimo*
Stilton ! Arrêtez-vous !
Le camping-car freina et je l'examinai de près.

La carrosserie était en MIROIR, les pare-chocs étaient en MIROIR, les enjoliveurs des roues étaient en MIROIR, les phares étaient en MIROIR, les fenêtres étaient en MIROIR !

Bref, il était impossible de savoir ce qu'il y avait à l'intérieur (mais moi, je le savais parfaitement, hé, hé, hé !).

À l'arrière du camping-car un volet se leva et une voix métallique croassa :

– MONTEZ, S'IL VOUS PLAÎT !

J'entrai dans le camping-car, qui démarra sur les chapeaux de roue.

Ouf ! Il était temps !

La porte automatique se referma derrière moi dans un sifflement étouffé :

– Pffffffffff !

Je me retrouvai devant un objet MYSTÉ-RIEUX qui était recouvert d'un tissu noir…

Mais avant que j'aie eu le temps d'approcher pour l'examiner, une lampe de dix mille watts m'AVEUGLA, tandis qu'une caméra vidéo cachée FILMAIT le moindre de mes mouvements.

(1)

(2)

(3)

Une voix métallique croassa :
– RESTEZ IMMOBILE, S'IL VOUS PLAÎT ! (1)

Je me retournai, stupéfait.

La voix répéta, irritée :
– J'AI DIT IMMOBILE, S'IL VOUS PLAÎT !!!

Puis elle ajouta :
– PRÉLÈVEMENT DE MOUS-TACHE POUR IDENTIFICA-TION ! (2)

Avant que j'aie pu m'en rendre compte... une petite pince m'avait arraché un poil de moustache !!!

Je hurlai :
– Aïïïe !

Un microscope commença à examiner le poil de moustache.
– Bzzzzz... (3)

MOUSTACHE À IDENTIFIER

Je vis ensuite mon museau qui s'affichait sur un écran ! (4)

La voix croassa :

– MOUSTACHE IDENTIFIÉE ! ELLE APPARTIENT À UN RONGEUR NOMMÉ STILTUN, GERONIMO STILTUN !

Je corrigeai :

– Excusez-moi, mon nom est STILTON, GERONIMO STILTON !

GERONIMO STILTUN

(4)

SOLARYA...
SOLARYA... SOLARYA !

La porte s'ouvrit et un museau familier apparut.

Je chicotai :

– **PROFESSEUR VOLT** !

Il chicota :

– *Geronimo Stilton* ! Que puis-je faire pour vous ?

Je répondis, interloqué :

– Mais, professeur, c'est vous qui m'avez appelé avec la **SIRÈNE D'ALARME** !

Il se gratta les moustaches :

– Ah ? La sirène ? L'alarme ? Ah oui, je me souviens. J'ai une chose importante à vous dire. Mais quoi ? Hum...

Puis, de la patte, il se donna une tape sur le front :

– Par mille neutrinos, il est **minuit** ! Je ne m'étais pas rendu compte qu'il était aussi tard. Je suis un gars, *ou plutôt un rat*, assez d i s t r a i t...

Je souris :

– Peu importe qu'il soit tard. Vous pouvez m'appeler à toute heure du jour ou de la nuit. En quoi puis-je vous être utile ?

Il annonça :

– Vous vous rappelez le *PREMIER VOYAGE DANS LE TEMPS* que nous avons fait ensemble ? Hein ? Vous vous le rappelez, Geronimo ?

Je me lissai les moustaches, ÉMU.

– Comment pourrais-je oublier l'expérience la plus émouvante de ma vie, professeur ?

Il ricana :

– Tenez-vous bien, Geronimo. J'ai une SURPRISE. Voici ma nouvelle invention…

Volt annonça :
– Cette invention s'appelle…

S☀LARYAAAAAAAA!

Les yeux écarquillés, la bouche ouverte et les moustaches v i b r a n t d'émotion, je découvris une sphère bizarre dont la surface était couverte de MIROIRS luisants !

Volt sourit sous ses moustaches :
– Voici ma nouvelle machine à VOYAGER DANS LE TEMPS : elle est beaucoup beauucoup beauuucoup plus évoluée que la précédente ! Je vais vous expliquer son fonctionnement… Mais, s'il vous plaît, Geronimo, faites-moi penser que je dois vous dire autre chose de très, trèès, trèèès important. Euh, je suis un gars, *ou plutôt un rat*, assez distrait…

Une sphère bizarre dont la surface était couverte de miroirs luisants !

NOM : Solarya !
VITESSE : trois fois supérieure à celle de la lumière !
PASSAGERS : 4 !
POIDS : en titane superléger !
DIMENSIONS : à mesure de souris !

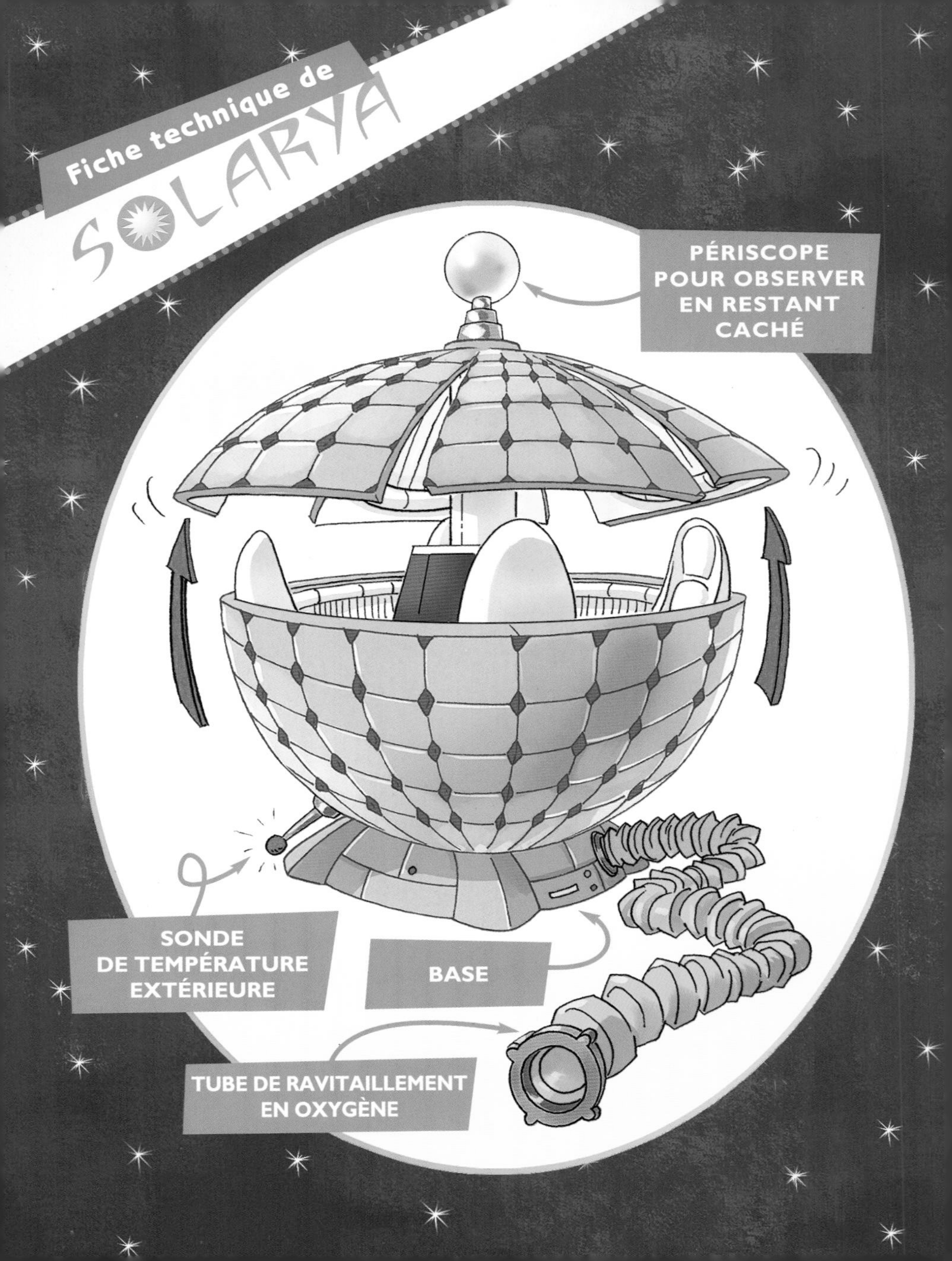

Fiche technique de
SOLARYA
PÉRISCOPE POUR OBSERVER EN RESTANT CACHÉ
SONDE DE TEMPÉRATURE EXTÉRIEURE
BASE
TUBE DE RAVITAILLEMENT EN OXYGÈNE

SORTIE
DU PÉRISCOPE

RENTRÉE
DU PÉRISCOPE

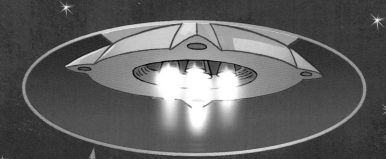

MOTEURS À RÉACTION
SOUS LA BASE

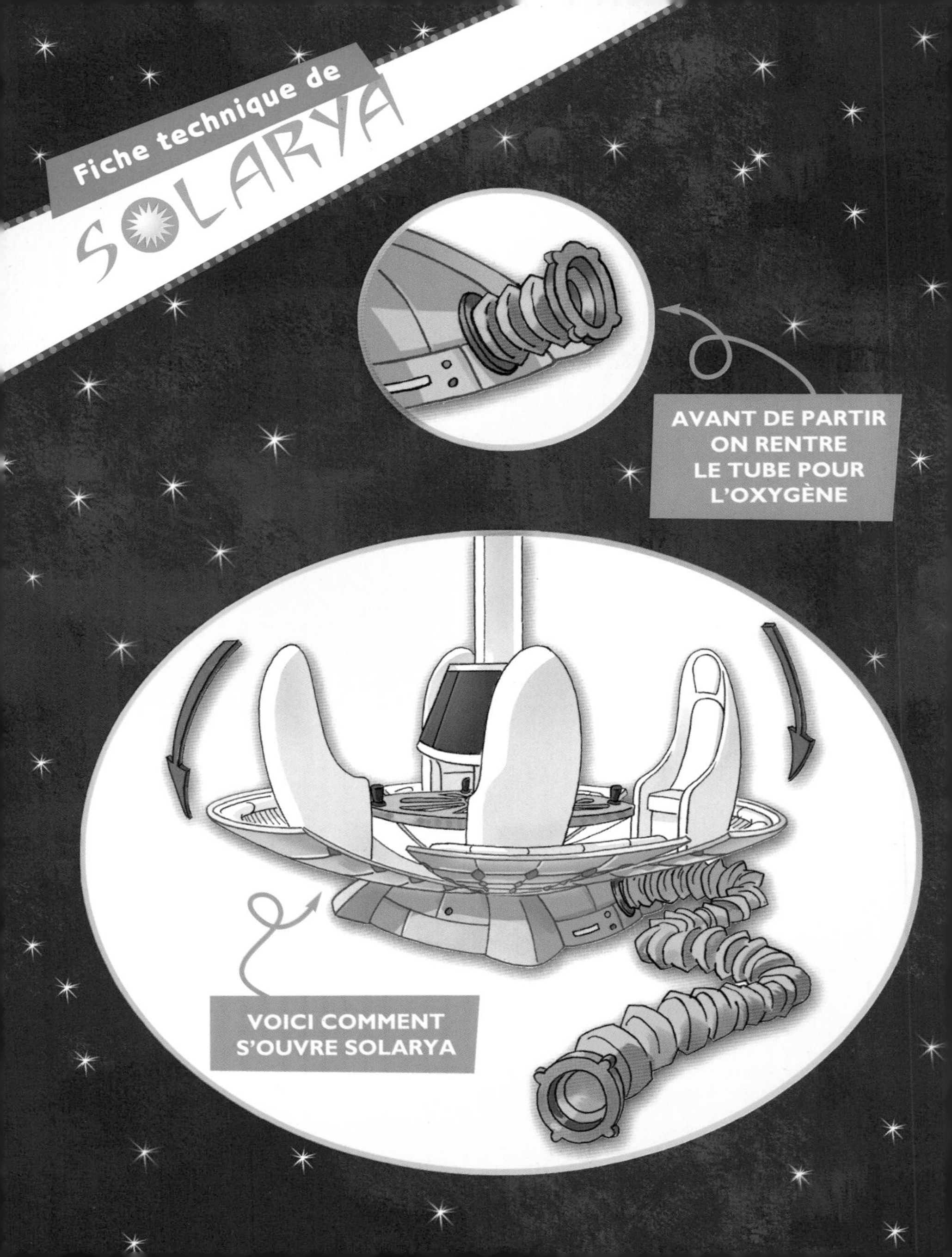
Fiche technique de
SOLARYA
AVANT DE PARTIR
ON RENTRE
LE TUBE POUR
L'OXYGÈNE
VOICI COMMENT
S'OUVRE SOLARYA

CHAQUE SIÈGE EST DOTÉ D'UNE CEINTURE DE SÉCURITÉ

COMBINAISON THERMIQUE POUR L'ÉQUIPAGE

BOUTON ROUGE !

LE MYSTÉRIEUX HYPER-Z !

Le **PROFESSEUR VOLT** chuchota :
– Mais j'ai aussi inventé une autre chose INCROYABLE…
Je chuchotai :
– Quoi donc ?
Il chuchotai :
– **HYPER·Z** !
Je chuchotai intrigué :
– **HYPER·Z** ?
Il chuchota :
– Je vais vous montrer…
Je demandai, toujours à voix basse :
– Professeur, mais pourquoi chuchotons-nous ?
Il regarda autour de lui, comme pour vérifier que personne ne nous espionnait.
– Excusez-moi si cela paraît exagéré, Geronimo, mais j'ai toujours peur d'être ESPIONNÉ. Il y a tant de rongeurs malhonnêtes qui seraient intéressés par mes inventions : je dois être trèèès prudent ! Le professeur ouvrit un coffre-fort et en sortit un objet **BIZARRE**.

Volt le mit à son poignet, d'un air satisfait :
– Je vous présente **HYPER·Z** : un ordinateur très
puissant mais si petit et si léger... qu'on peut le

porter au poignet ! Vous n'en aurez qu'un
seul, et c'est vous qui le porterez. Il fournit
des *informations* sur les périodes historiques,
permet de *naviguer sur Internet*, prend des
photographies, enregistre des *vidéos*, sert
aussi de *téléphone portable*, de *télévision* et
de système de *navigation satellitaire* pour
s'orienter dans les lieux du passé. Pour ne pas polluer,
il est alimenté par ÉNERGIE SOLAIRE et
ÉOLIENNE, c'est-à-dire qu'il utilise la force du
vent. Si vous appuyez sur un bouton spécial, il
devient invisible ! Voilà comment ça fonctionne...

Voici l'Hyper-Z !

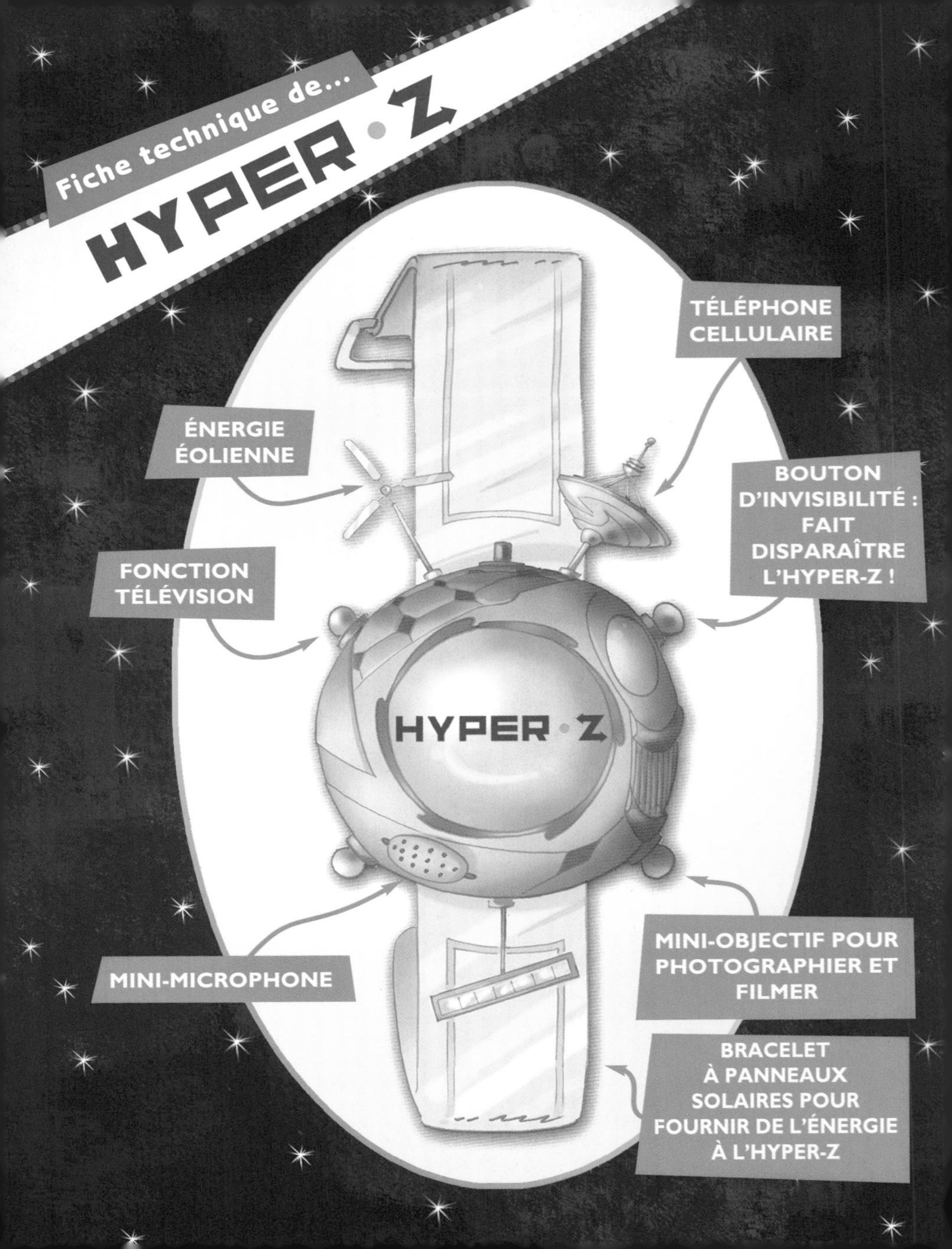

Fiche technique de...

HYPER·Z

TÉLÉPHONE CELLULAIRE

ÉNERGIE ÉOLIENNE

BOUTON D'INVISIBILITÉ : FAIT DISPARAÎTRE L'HYPER-Z !

FONCTION TÉLÉVISION

HYPER·Z

MINI-MICROPHONE

MINI-OBJECTIF POUR PHOTOGRAPHIER ET FILMER

BRACELET À PANNEAUX SOLAIRES POUR FOURNIR DE L'ÉNERGIE À L'HYPER-Z

INFORMATIONS UTILES

ICI, ON ENTRE LA DATE ET LE LIEU DE DESTINATION

SYSTÈME DE NAVIGATION SATELLITAIRE POUR S'ORIENTER DANS LES LIEUX DU PASSÉ

C'EST BEAU DE RÊVER, MAIS C'EST ENCORE MIEUX DE VIVRE SES RÊVES !

Je demandai, curieux :

– Alors, nous partons pour un nouveau VOYAGE DANS LE TEMPS, professeur ? Mais où irons-nous, cette fois ?

Il sourit sous ses moustaches.

– Ne dites pas : « où irons-nous ? », Geronimo… mais « où irai-je ? » ! Cette fois, vous voyagerez seul. J'ai conservé l'esprit d'AVENTURE de ma jeunesse, mais je n'ai plus l'âge d'affronter la CHALEUR de la jungle ou le FROID du Pôle, d'escalader les murailles d'un VIEUX château ou de goûter la nourriture BIZARRE de peuples lointains… La dernière fois, quand nous nous sommes retrouvés à l'époque des dinosaures, j'ai eu de terribles rhumatismes dans la FORÊT PRÉHISTORIQUE ! Non, cette fois, c'est *vous* qui partirez. J'ai confiance en vous, ce sera comme si je partais moi aussi ! Et, à présent, laissez-moi vous révéler les périodes où je vais vous envoyer.

Le professeur Volt au cours du premier VOYAGE DANS LE TEMPS...
dans la très humide forêt préhistorique !

Il annonça, d'un ton solennel :
– Pour commencer, la ROME ANTIQUE, en 45 avant J.-C. !
Je m'illuminai.
– L'époque de la Rome antique ? Ce doit être merveilleux.
Volt poursuivit :

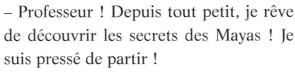

– Puis le peuple MAYA, en 905 après J.-C. !
J'étais très ému.
– Professeur ! Depuis tout petit, je rêve de découvrir les secrets des Mayas ! Je suis pressé de partir !
– Ne soyez pas impatient, Geronimo ! Je ne vous ai pas encore appris la dernière période historique où vous allez voyager : VERSAILLES, en 1683 après J.-C., l'époque du Roi-Soleil !
J'exultai :
– L'époque du Roi-Soleil ! L'une des périodes les plus fascinantes qui soient !
Volt me mit en garde :

– Geronimo, ce voyage sera plein d'**AVEN-TURES** ! Il est toujours possible… de s^e p$_e$r^{d}r$_e$ dans le temps, de rester à jamais prisonnier du passé. Te sens-tu prêt ?

Je réfléchis. La vie m'a appris une chose : c'est beau de RÊVER, mais c'est encore mieux de vivre ses rêves, même s'il faut beaucoup de courage !

Puis je conclus :

– Professeur, j'accepte. Mais à une condition : puis-je emmener aussi ma famille, la *famille Stilton* ?

Je pensai à mon premier VOYAGE DANS LE TEMPS…

Je pensai à mon premier voyage dans le temps…

LE PREMIER VOYAGE DANS LE TEMPS !

Lors du premier voyage dans le temps, à bord du RATONAUTILUS, nous étions cinq : le professeur Volt et les quatre membres de la famille Stilton !

À l'époque des dinosaures !

Quelle aventure assourissante !

Dans l'Égypte ancienne !

Au temps du roi Arthur !

Nous sommes allés au temps des dinosaures (dans la préhistoire), puis dans l'Égypte ancienne et au temps du roi Arthur (au Moyen Âge). Enfin, nous sommes rentrés à Sourisia, mais...

À la fin, mon cousin Traquenard a remis le RATONAUTILUS en marche ! J'ai eu peur de repartir pour un autre voyage. Heureusement, il ne s'est rien passé : les moteurs se sont arrêtés !

Le RATONAUTILUS s'était remis en marche, avant de s'immobiliser.

NOUS SOMMES
LA FAMILLE STILTON...

Quand je descendis du camping-car, l'*AUBE* se levait.

J'étais très fatigué : j'avais passé la nuit à discuter avec le professeur des détails du voyage !

Mais, au lieu d'aller dormir, je me précipitai à *L'ÉCHO DU RONGEUR* et j'appelai Téa, **Traquenard** et Benjamin.

NOUS SOMMES LA FAMILLE STILTON !

Téa

Charmante et aventurière, sœur de Geronimo, elle est l'envoyée spéciale de *L'ÉCHO DU RONGEUR* !

Traquenard

Blagueur, gourmand et brouillon, il adore faire des farces à son cousin Geronimo !

Benjamin

Tendre comme une lichette d'emmental, c'est le neveu chéri de Geronimo !

GERONIMO

Journaliste et écrivain, il dirige *L'ÉCHO DU RONGEUR*, le journal le plus célèbre de l'île des Souris !

Quand ils furent tous entrés dans mon bureau, je fermai la porte à clef.

Je demandai à ma secrétaire de ne me passer aucun appel téléphonique.

Par **SÛRETÉ**, je vérifiai que personne ne m'espionnait par la fenêtre !

Puis je chuchotai :

– J'ai vu le professeur Volt…

– Pourquoi parles-tu si bas, cousin ? hurla Traquenard. C'est quoi, tous ces **MYSTÈRES** ?

Je chuchotai :

– Ccchhhut ! Silence ! On pourrait nous entendre ! Nous devons effectuer une mission secrète. Nous allons partir tous ensemble pour un *nouveau VOYAGE DANS LE TEMPS*, assourissant, avec un *nouvel* appareil et trois *nouvelles* destinations.

Il sortit son portable :

– Waouh ! Quelle nouvelle extrasourissante ! Il faut que je raconte ça à tous mes copains !

Je l'arrêtai :

– Silence ! C'est un secret top secret archisecret !

– Secret ? Pfff ! Mais, cousinâtre, n'as-tu pas écrit un livre sur le premier voyage dans le temps ?

J'étais exaspéré.

Livre écrit par Geronimo Stilton après le premier VOYAGE DANS LE TEMPS !

– Oui, Traquenard, mais je l'ai écrit *après* être revenu, pas *avant* de partir !

Téa me donna raison :
– Personne ne doit savoir, pas même à *L'ÉCHO DU RONGEUR*…

Benjamin prit la parole :
– Euh, moi, je ne peux pas partir avec vous, hélas. J'ai un **problème**. Euh, euh… je dois préparer, pour la semaine prochaine, un exposé sur Rome dans l'Antiquité. Je me demande vraiment ce que je vais bien pouvoir raconter, je n'aime pas l'histoire.
Je répondis :
– Viens avec nous ! Voyager dans le passé t'aidera à trouver des documents pour ton exposé et à découvrir plein de choses que tu ne connais pas !

BONNE CHANCE,
ET MÉFIEZ-VOUS
DES CHATS !

Nous rejoignîmes le camping-car du **PROFESSEUR VOLT** et revêtîmes les combinaisons orange. Le professeur serra la patte de tout le monde :
– Merci de votre collaboration. Vous allez vous lancer dans une entreprise **très importante** pour la science !
Nous FÊTÂMES l'événement en débouchant une bouteille de coulis de fromage et en grignotant

des petits-fours au roquefort. Volt porta un toast.
– Je lève mon verre à votre voyage dans l'*HYPERESPACE* !

Traquenard marmonna :
– Un voyage dans l'hyperquoi ?

Volt expliqua :
– L'hyperespace est un espace dans lequel il y a plus que les trois dimensions auxquelles nous sommes habitués : hauteur, largeur, profondeur. Il peut y avoir quatre ou cinq dimensions, voire davantage…

N'est-ce pas incroyable ?

Et on peut voyager dans l'hyperespace : il suffit de se déplacer à une vitesse supérieure à celle de la lumière !

Traquenard ricana :
– Je suis *HYPERCONTENT* de partir pour un *HYPERVOYAGE* dans l'*HYPERESPACE* ! Et si on portait un autre *HYPERTOAST* ? Reste-t-il des *HYPERPETITS-FOURS* ? J'ai *HYPERFAIM* !

Le professeur sourit :
– Je vais vous donner mes instructions pour ce nouveau *VOYAGE DANS LE TEMPS*… Mais

ALORS,
ÊTES-VOUS PRÊTS À PARTIR
POUR UN NOUVEAU
VOYAGE DANS LE TEMPS
ASSOURISSANT ?

INSTRUCTIONS POUR LE *VOYAGE DANS LE TEMPS*

1. COMMENT PARTIR ?

Sur l'Hyper-Z que porte Geronimo, on doit entrer la date, l'heure et le lieu, sans faire de fautes. Attention : avant la naissance de Jésus-Christ (av. J.-C., c'est-à-dire *avant Jésus-Christ*), on compte les dates à rebours : 45 av. J.-C. ; 44 av. J.-C. ; 43 av. J.-C. et ainsi de suite jusqu'à la naissance du Christ. Puis la numérotation devient normale : 1 apr. J.-C. ; 2 apr. J.-C. ; 3 apr. J.-C. (*après Jésus-Christ*). Après avoir entré la date, pressez le bouton OK et Solarya partira !

2. COMMENT REVENIR ?

Il faut de nouveau entrer sur l'Hyper-Z la date, l'heure et le lieu. Puis on presse le bouton OK et la capsule Solarya vous ramènera tous à la maison !

3. COMMENT S'HABILLER ?

Dans le coffre à bagage, vous trouverez des costumes adaptés à l'époque romaine, à la période maya et à l'époque de Versailles.

4. COMMENT COMMUNIQUER ?

On glisse dans l'oreille droite un petit micro qui traduit instantanément ce que vous entendez et qui vous permet de parler dans toutes les langues !

5. ET SI ON SE PERD DANS LE TEMPS ?

Euh… il faudra se débrouiller !

... ET SURTOUT
N'OUBLIEZ PAS :
NE TOUCHEZ JAMAIS
LE BOUTON
ROUGE !

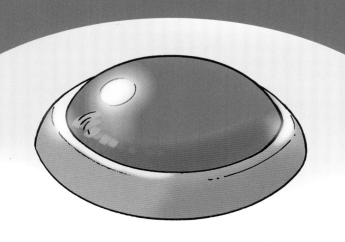

faites-moi penser à vous dire pourquoi vous ne devez jamais toucher le bouton rouge !

 Nous pénétrâmes dans la sphère, nous nous assîmes, nous attachâmes la ceinture de sécurité.

Le professeur cria :

– Prêts à partir ? **BONNE CHANCE**, et **MÉFIEZ-VOUS DES CHATS** !

Pendant que la portière se refermait, je songeai que le professeur ne nous avait pas dit pourquoi nous ne devions jamais toucher le bouton rouge.

Je criai :

– Professeuuuuuuuuuuuuuuuuuuuuuuuuuur !

Mais il était trop tard, il ne nous entendait plus.

Nous fûmes plongés dans l'**OBSCURITÉ** la plus totale.

J'entendis un bourdonnement, puis la sphère commença à *VIBRER*.

Elle tournait sur elle-même de plus en plus vite.

J'étais comme **aplati** sur mon siège.

Et j'avais la tête qui tournait !

Oooooooooooooh comme la tête me tournaiiiiiii

SOLARYA COMMENÇA À TOURNER SUR ELLE-MÊME DE PLUS EN PLUS VITE VITE VITE VITE VITE VITE VITE VITE VITE VITE VITE VITE...

VOYAGE DANS LE TEMPS VOYAGE DANS LE TEMPS VOYAGE DANS LE TEMPS VOYAGE DANS LE TEMPS VOYAGE DANS LE TEMPS VOYAGE DANS LE TEMPS VOYAGE DANS LE TEMPS VOYAGE DANS LE TEMPS VOYAGE DANS LE TEMPS VOYAGE DANS LE TEMPS

Quelle nausée ! J'avais l'estomac retourné comme une chaussette et j'avais une **NAUSÉE** terrible !

Heureusement, le professeur avait même prévu le **MAL DE L'ESPACE**.

Sous mon fauteuil, je trouvai des petits sachets pour ceux qui étaient malades, comme dans les avions !

Enfin, les vibrations diminuèrent. À mon poignet, **HYPER·Z** m'informa :

– DESTINATION EN VUE !

La capsule Solarya s'immobilisa et Hyper-Z annonça :

– DESTINATION ATTEINTE ! NOUS NOUS TROU-VONS SUR LE FORUM DE ROME, LE 10 OCTOBRE 45 AVANT JÉSUS-CHRIST !

AU TEMPS DE
LA ROME ANTIQUE

LA ROME ANTIQUE

LÉGENDE DE ROMULUS ET RÉMUS

D'après la légende, les jumeaux Romulus et Rémus, abandonnés par leurs parents, survécurent grâce à une louve qui les allaita. Quand ils furent adultes, les jumeaux se disputèrent. Romulus tua Rémus puis fonda Rome, dont il fut le premier roi.

La légende rapporte encore que les sept premiers rois furent : Romulus, Numa Pompilius, Tullus Hostilius, Ancus Marcius, Tarquin l'Ancien, Servius Tullius, Tarquin le Superbe.

LA NAISSANCE DE ROME

D'après la tradition, Rome fut fondée en 753 av. J.-C., sur le mont Palatin. À l'origine, c'était un petit village de cabanes. Au cours des deux siècles qui suivirent, il se transforma en une cité-État, gouvernée par un roi et par le Sénat. La monarchie s'acheva avec l'avènement de la République, quand le pouvoir fut transféré au Sénat.

Rome étendit peu à peu sa domination dans toute la Méditerranée et, grâce aux campagnes de Jules César, dans le Nord de l'Europe. Après une période de guerre civile, Rome devint un principat, puis un empire qui dura de 27 av. J.-C. à 476 après J.-C.

Sur le territoire de Rome, on parlait de nombreuses langues, mais la seule officielle était le latin.

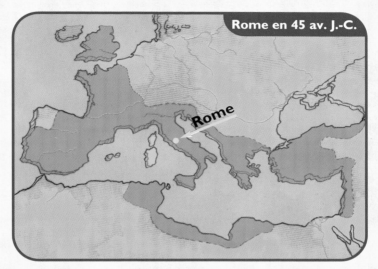

Rome en 45 av. J.-C.

Rome

 *Les territoires de Rome à l'époque de Jules César*

On lit souvent, sur les monuments romains, le sigle SPQR : c'est l'abréviation de la phrase *Senatus PopulusQue Romanus*, c'est-à-dire « Le Sénat et le peuple romain ».
Le Sénat était composé d'une centaine de sénateurs, choisis parmi les plus riches citoyens.

 De nombreux ponts, routes ou aqueducs qui servent encore aujourd'hui datent de l'époque romaine !
Mais le plus important legs des Romains, ce sont leurs lois, fondées sur des principes toujours valables.

VÊTEMENTS ROMAINS MASCULINS

Dans les occasions officielles, on portait la toge, une longue pièce d'étoffe dans laquelle on se drapait, mais qui n'était pas très commode. Elle était souvent remplacée par la tunique, par-dessus laquelle on mettait une *lacerna* (manteau), retenue par une *fibula* (broche) et comportant un *cucullus* (capuchon). Les Romains ne portaient pas de pantalons, qu'ils jugeaient ridicules ! Aux pieds, ils avaient des sandales à lacets montant jusqu'aux mollets.

Les hommes portaient des bagues. Il était obligatoire d'avoir des cheveux courts et de se raser. À la naissance, les hommes et les femmes recevaient la *bulla* (amulette), qu'ils portaient jusqu'à leur majorité.

VÊTEMENTS ROMAINS FÉMININS

Les Romaines, appelées *matrones*, portaient une tunique et, par-dessus, une longue *stola* (sorte de robe), serrée par une ceinture.

Par-dessus, elles endossaient la *palla* (manteau) dont un pan leur couvrait la tête.

Elles se teignaient les cheveux en rouge, une couleur alors très à la mode.

Pour garder la peau blanche, elles se protégeaient des rayons du soleil avec des ombrelles et des éventails, et l'éclaircissaient encore avec de la poudre de gypse. Elles se teintaient les lèvres et les joues avec des substances végétales et utilisaient de nombreux parfums.

Les coiffures étaient compliquées, pleines de boucles ; on employait des perruques ornées avec de précieuses couronnes.

À ROME...
EN 45 AVANT J.-C. !

Quand nous sortîmes du SOLARYA nous avions
la tête qui tournait. Nous étions à Rome, en 45 av.
J.-C. ! Nous revêtîmes des costumes de cette époque.
Puis nous cachâmes la capsule dans une ruelle obscure.
Je recommandai :

– Nous allons dire que nous sommes la famille
STILTONIUS, que nous vendons des étoffes et
que nous sommes venus à Rome pour nos affaires.
Traquenard hurla :

LE FORUM ROMAIN

C'était le centre de la cité, l'endroit où se retrouvaient les
Romains. Les citoyens s'y réunis-
saient pour vendre,
acheter, rencontrer
leurs amis et dis-
cuter de politique.

À Rome… EN 45 AVANT J.-C. !

– Et surtout, essayez d'avoir l'air normal !
Surtout toi, Geronimo, parce que, depuis tout
petit, tu as toujours été un peu… bizarre !

Il me donna une pichenette sur la queue.

Je fis comme si de rien n'était, mais cela
commençait à me taper sur le système.

Nous regardâmes autour de nous : nous étions sur
le FORUM !

Les rues étaient P A V É E S , encombrées de charrettes et de chevaux.

Devant une boutique qui sentait bon les ÉPICES, deux souris discutaient en latin, la langue officielle de Rome.

– Marius, pour ces olives, je ne peux pas te donner plus de 10 sesterces d'argent, mais c'est bien parce que c'est toi !

– Titus, au mieux, je peux te les faire à 18, parce que tu m'es très sympathique…

– Disons 15 !

Une fois le marché conclu, le rongeur cria à Traquenard :

– Eh, toi, étranger, si tu viens d'arriver à **ROME** je te propose une spécialité romaine : la fameuse sauce garum !

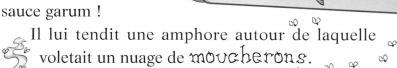

SAUCE GARUM
Sauce très appréciée par les Romains. On l'obtenait en faisant fermenter au soleil des intestins de poissons avec de l'ail et des herbes aromatiques. Elle avait un goût très fort !

Il lui tendit une amphore autour de laquelle voletait un nuage de moucherons.

Traquenard murmura :

– Garum garum garum… J'adore ce mot, je parie que c'est DÉLICIEUX. Mon ami, allons-y pour le garum !

J'essayai de l'arrêter :

– Traquenard, attends ! Nous ne savons même pas quel goût a ce garum.

Il soupira :

– Pff, nous allons bientôt le savoir : je vais le goûter, c'est-à-dire que tu vas le goûter !

Il attrapa l'amphore et, avant que j'aie eu le temps de protester…

(1) Il me versa dans la bouche une gorgée de sauce *garum* ! C'était tellement dégoûtant que j'en devins tout **vert**.

– Gloubbb, ça a un goût de poisson pourriiiii !

(2) Je me précipitai vers une fontaine, mais un cavalier qui passait au galop m'écrasa la queue et je hurlai :

– Aïïïïïïïe !

(3) Tandis que je me massais la queue, un rongeur me versa sur la tête un VASE DE NUIT. Je m'écriai :

– Ouiiiiiin ! Mais pourquoi ces choses-là m'arrivent-elles à moi, *rien qu'à moi* ???

PAR LES RUES DE ROME

Nous passâmes la journée à visiter Rome. C'était une ville pleine de vie, mais aussi très chaotique, comme une ville d'aujourd'hui ! Par exemple, il fallait faire attention en traversant les rues : les chars et les charrettes roulaient à toute vitesse, et on risquait d'être renversé !

Comme dans les villes modernes, il y avait des immeubles de plusieurs étages, appelés *insulae* !

Ce qui me frappa aussi, c'était le **bruit** !

Tandis que Traquenard, Téa et Benjamin faisaient un tour au marché aux poissons, je les attendis seul près d'une fontaine.

C'était le **soir**.

Je vis une chaise à porteurs dorée, que portaient quatre esclaves africains et sur laquelle se pavanait une grosse dame. Elle avait des bagues d'or aux doigts, de précieux bracelets aux poignets, et, sur la

tête, un diadème incrusté de **RUBIS**.

Soudain, une bande de brigands jaillit d'une ruelle sombre, en criant :

– Riche matrone, nous voulons tes *BIJOUX* !

Nous voulons tes bijoux !

Les esclaves, effrayés, abandonnèrent la chaise et s'enfuirent. La dame hurla, *TERRORISÉE* :

– Au secouuuuuurs !

Je m'avançai.

– Laissez cette dame tranquille !

Les brigands me menacèrent :

– Déguerpis, ou nous allons te faire le *poil* et le *contre-poil,* rongeur !

Au secouuuuuurs !

Ils s'approchèrent, grondants… mais, heureusement, Benjamin, Téa et Traquenard vinrent à mon secours !

Benjamin lança sur les brigands les pommes qu'il avait dans un panier.

Laissez cette dame tranquille !

Ouste !

Téa leur courut derrière, en criant, indignée :

– Allez ouste, espèces de rats d'égout ! *Vade retro** ! Nous aussi, les filles, on sait se défendre !

Traquenard brandissait un gros gourdin de bois.

– Si je vous attrape, je vous assomme !

Les brigands s'enfuirent.

Ouste !

La matrone sanglota :

– Je ne sais pas comment vous *remercier*, vous m'avez sauvée !

Je lui fis un baisepatte.

– Madame, soyez tranquille, personne ne vous fera de mal.

Elle s'exclama :

– Que grâce soit rendue à **Junon**, protectrice des femmes, qui vous a placés sur mon chemin ! Venez dans ma

Ouste !

* En arrière !

domus** : je vous récompenserai comme vous le méritez.

Nous soulevâmes la chaise à porteurs et suivîmes les indications de la matrone.

Nous arrivâmes enfin à une luxueuse demeure.

C'était une typique *domus* romaine, construite avec des marbres précieux, ornée de fresques et de mosaïques.

CONDITION FÉMININE

D'après le droit romain, les femmes dépendaient économiquement de leur père, de leur mari ou de leur plus proche parent masculin. En réalité, elles étaient respectées et écoutées dans leur famille. La dame était appelée la « matrone ».

** *Maison.*

1. ATRIUM
2. IMPLUVIUM
3. CUBICULA
4. LATRINA
5. HORTUM
6. CUISINE
7. TRICLINIUM
8. MOSAIQUES
9. TOIT EN PENTE
10. FRESQUES

MAISON ROMAINE

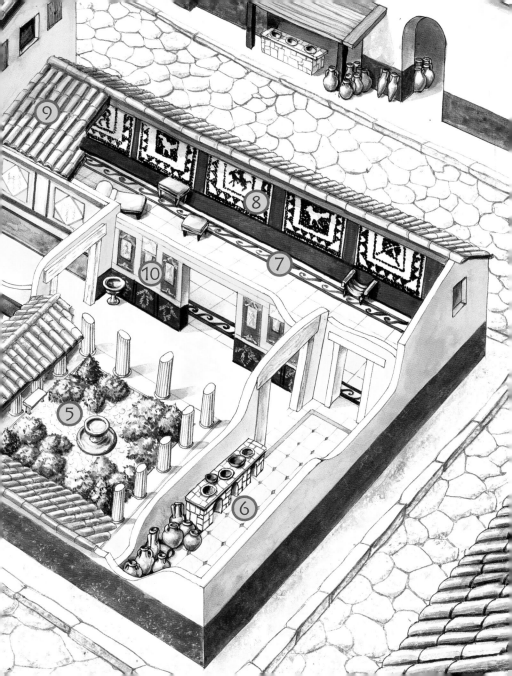

CHEZ CAIUS
RATILIANUS MUS

Sur le seuil de la porte se trouvait une MOSAÏQUE avec cet avertissement : *Cave canem** !

Nous entrâmes dans l'*atrium* (cour) comprenant un *impluvium* (bassin pour recueillir les eaux de pluie). Les *cubicula* (chambres à coucher) étaient disposées tout autour.

Il y avait ensuite la *latrina* (bains) et les thermes privés. À côté, l'*hortum* (jardin), où l'on pouvait se promener.

Nous passâmes devant la cuisine et arrivâmes au *triclinium* (salle à manger).

* *Attention au chien !*

Un noble romain vint à notre rencontre, en s'exclamant :

– POMPEA ! Ma femme adorée !

La matrone s'écria :

– Ratilianus, mon cher, ce rongeur m'a sauvé la vie ! Il est...

Je me présentai :

– *Ave**, mon nom est GERONIMUS STILTONIUS !

Ratilianus demanda, méfiant :

– Hum, d'où viens-tu ? Serais-tu un BARBARE ?

– Euh, noble Ratilianus, *civis romanus sum***. Je viens d'Ostie et...

Heureusement, Pompea l'interrompit.

– Mon cher mari, donnons un banquet pour fêter cet événement ! *Sursum corda*** !*

Nous nous allongeâmes sur de confortables petits divans.

BARBARES ET CIVES

Le mot *barbarus* signifie « celui qui ne sait pas bien parler ». De nombreuses populations barbares vivaient en territoire romain. Elles jouissaient de droits moins importants que les *cives romani*. Être citoyen romain était un privilège et un motif de fierté.

SPQR

---

* *Salut.* ** *Je suis un citoyen romain.* *** *Haut les cœurs !*

D'innombrables serviteurs, rapides, apportèrent…
des mets *délicieux* et des fruits d'automne parfumés sur des plateaux d'or et d'argent.

Cependant, ils nous servaient à boire dans des coupes de métal ou de terre cuite.

Tous ces mets avaient des goûts **surprenants** !
RÔTI de flamant rose et de perroquet, pot-au-feu d'autruche… Tourte d'huîtres et viande de loir ! Langoustes sauce au MIEL !

Traquenard s'écria, ravi :

– Génial, ici on mange avec les mains !

Je soupirai :

– Eh oui… Hélas, ils n'ont pas encore inventé les serviettes de table. ①

Traquenard se tourna vers moi en ricanant :

– Je peux m'essuyer sur ta toge ?

Je criai :

– Stooop ! ②

Pendant qu'il continuait à manger, je lui tendis une cuvette dorée remplie d'une eau parfumée, où flottaient des pétales de rose :

– Voici la cuvette ! ③

Il but l'eau.

– Merci, c'est excellent !

Je hurlai :

– Que fais-tu ? ④

Il pouffa :

– Pff, j'ai cru que c'était à boire !

> ## LA CUISINE
> Il y avait deux repas principaux : le *prandium* (déjeuner) et le dîner.
> Le matin, on mangeait du pain, des fruits secs et du fromage, ou on buvait un bol de lait.
> Les pauvres mangeaient habituellement une bouillie de céréales et une soupe de pain et d'eau avec des œufs, du miel et du fromage.

Je protestai :
– C'était pour se laver les mains !
Traquenard émit un petit rot :
– Burp ! Ça m'a aidé à digérer !
Je secouai la tête.

– Quelle honte !
Le service se poursuivit pendant des heures, jusqu'au GÂTEAU : une tarte aux figues et au miel !
Ratilianus nous invita à rester chez lui. Nous étions émus : c'est si beau de se faire de nouveaux amis.
À savoir ce que le lendemain nous réserverait…
J'avais trop sommeil pour m'inquiéter. J'avais à peine posé le museau sur l'oreiller… *ronfff !*

JE VAIS T'Y EMMENER, AUX THERMES, MOI !

Le lendemain matin, tandis que ma famille ronflait encore, Ratilianus me fit appeler.

– Mon cher Geronimus, je voudrais que tu m'accompagnes à mes *thermae** préférés : l'établissement le plus luxueux de la ville ! C'est si bon de jouir des plaisirs de la vie… *Carpe diem*** !

Nous arrivâmes aux thermes. Pendant que Ratilianus payait l'entrée, je réfléchissais : « Les thermes sont un endroit consacré à la PROPRETÉ et aux soins du corps, où chaque Romain se rend au moins une fois par jour. Je crois vraiment que ça va me relaxer. » (*Je me trompais grossièrement !*)

J'admirais les grandes salles de marbre, ornées de mosaïques et de fresques. Certains bassins étaient **CHAUDS**, d'autres *froids* ! Il y avait aussi des saunas et des bains de vapeur, un gymnase, des

---

* Thermes.   ** Jouis du moment présent !

soins de beauté de toutes sortes... Mais aussi une bibliothèque où l'on pouvait discuter de sujets culturels !

Ratilianus appela un esclave **GROS** comme une armoire, **MUSCLÉ** comme un culturiste et à l'air **louche** comme un pirate.

Il lui recommanda :

– Brutus, mon ami est une personne respectable. Je te le confie : pour lui, je veux un traitement spécial !

Brutus ricana :

– Je m'en occupe, noble Ratilianus !

Au secouuurs !

Je m'en occupe, noble Ratilianus !

1. ENTRÉE
2. VESTIAIRES
3. FRIGIDARIUM
4. TEPIDARIUM
5. CALIDARIUM
6. VESTIAIRES
7. FRIGIDARIUM
8. TEPIDARIUM
9. CALIDARIUM
10. TOILETTES
11. ÉTUVE
12. PISCINE
13. GYMNASE
14. VESTIAIRES

THERMES ROMAINS

ESPACES COMMUNS   HOMMES   FEMMES

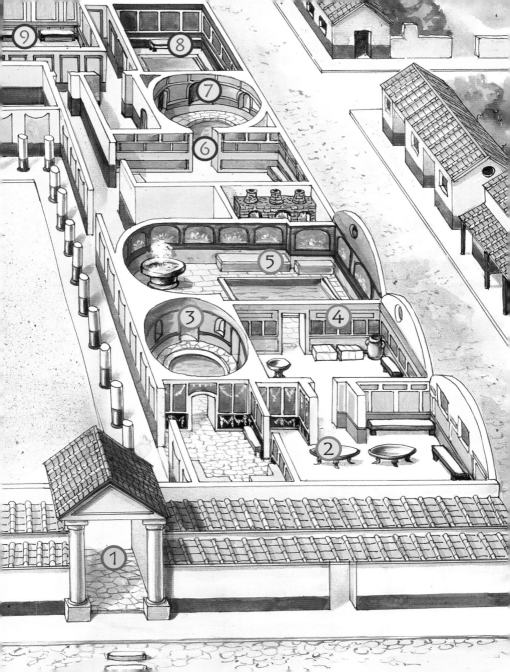

Brutus me fit porter une serviette de toilette ridicule (à mon avis trop ridicule). ①

Il m'enferma dans une pièce CHAUDE (à mon avis trop chaude) pour me purifier par la vapeur. ②

Puis il me poussa dans une piscine d'eau FROIDE (à mon avis trop froide). ③

Puis il me frictionna avec une brosse RUGUEUSE (à mon avis trop rugueuse). ④

Et pour finir il me massa avec *énergie* (à mon avis trop d'énergie). ⑤

Alors, je me cachai derrière un vase de terre cuite, dont seules mes moustaches dépassaient ! ⑥

Je ne sortis que quand Ratilianus arriva.

Lorsque nous rentrâmes à la *domus* de Ratilianus, Téa, Traquenard et Benjamin venaient juste de se réveiller et me demandèrent en bâillant :

– Tu t'es bien amusé aux thermes, Geronimo ?

Je marmonnai :

– Une expérience **inoubliable** !

Nous allons
te sauver, mon ami !

Il était midi. Nous étions en octobre mais il faisait encore une CHALEUR TERRIBLE !

Je décidai d'aller me promener dans les champs avec ma famille.

En passant près d'une ferme, nous vîmes un esclave qui faisait lentement tourner une meule pour presser les OLIVES.

Près de lui, son maître faisait claquer son fouet :

– Travaille, esclave !

Je me précipitai pour l'aider et pour protester, indigné :

– Tu n'as pas honte de le traiter ainsi ?

Un instant plus tard, l'esclave tomba par terre, évanoui.

Son maître soupira :

– Mais ce n'est qu'un esclave ! Je le vendrai demain. Si tu tiens tant à lui, tu pourras l'acheter !

Tu pourras même acheter toute sa famille !

Il rentra chez lui en ricanant, pendant que je demandais au malheureux :

– Puis-je faire quelque chose pour toi, mon ami ?

Il balbutia, les lèvres sèches :

– De l'eau...

Je lui offris à boire. Il murmura :

– Moi, Marcus, je te remercie. Mais ne perds pas ton temps avec moi, je ne suis qu'un pauvre esclave sans valeur !

Puis il nous raconta son histoire :

– J'avais une petite vigne, mais pendant un an il n'a pas plu et nous n'avons pas pu vendanger. J'ai été incapable de payer les impôts. C'est ainsi que je suis devenu ESCLAVE avec ma famille. Moi aussi, j'avais une *famille* autrefois. Mais ma femme Licia et mes sept enfants, Aulus, Decimus, Claudia, Publius, Tullia, Marta et Gaia, seront vendus au marché des esclaves demain après-midi !

 Benjamin chicota :

– Je regrette vraiment, Marcus !

L'esclave essuya une larme.

– Tu sais que j'ai un fils de ton âge. Ou plutôt… je l'avais. *Me miserum** !

Il recommença à faire tourner la meule.

– Un esclave n'a droit à rien, pas même à avoir des amis ! Ne perdez pas votre temps avec moi, avec le pauvre m$_a$l$_h$e$_u$r$_e$u$_x$ Marcus.

* *Pauvre de moi !*

LES AUBERGES

Il y avait peu de restaurants, mais beaucoup d'auberges (et elles étaient souvent mal famées). On trouvait aussi des *thermopolia*, boutiques où l'on pouvait acheter de la nourriture chaude à emporter.

Oyez, oyez !

Taratata !

J'étais indigné :

– Il faut que nous t'aidions !

Téa marmonna :

– Oui, mais il nous faut du *pecunia**.

Benjamin ajouta :

– Beaucoup de pecunia…

Nous entrâmes dans une *taberna*** pour manger un morceau. L'aubergiste nous proposa des boulettes de viande avec une sauce aux pignons et des saucisses dans une sauce de poisson.

Nous entendîmes une trompe qui retentissait et un héraut qui annonçait :

– Demain matin se déroulera au cirque Maxime la **GRANDE COURSE DE CHARS** !

* Argent.   *** Auberge.*

Le vainqueur se verra remettre 500 *aurei*** par notre grand Césaaaaaar !

Traquenard cria :

– J'ai une idée ! Demain, *quelqu'un* participera à la course et la remportera. Ainsi, nous pourrons racheter ce pauvre Marcus. *Quelqu'un*... c'est-à-dire *Geronimo* !

Pourquoi moi ?

Je m'écriai :

– *Moi* ? Pourquoi toujours *moi* ?

Téa soupira :

– Pff, tu devrais être content. Pense que tu vas te couvrir de gloire *si* tu gagnes !

Je sanglotai :

– Moi, je pense plutôt que je vais me COUVRIR DE RIDICULE *si* je perds !

Benjamin me tira par la tunique.

– Tonton, je t'en prie je t'en prie je t'en prie, gagne la course pour moi !

---

* Monnaie d'or d'une valeur de 100 sesterces d'argent.

UN RONGEUR
À LA MINE ARROGANTE

Le lendemain matin, nous allâmes acheter une **ARMURE**, un **CHAR** et deux **chevaux** mais… nous n'avions pas beaucoup d'argent et nous dûmes nous contenter de deux rosses sympathiques, mais mal en point !
Avant la course, Traquenard me fit un massage en me conseillant :
– Reste en arrière, remonte à l'avant-dernier tour, prends la tête au dernier tour, accélère cent mètres avant la **ligne d'arrivée** et tu gagneras !
Je criai :
– Mais tu as vu mes chevaux ? Ce sera déjà bien si je termine la course !
Il soupira :

BLAGUES ROMAINES

SESTERCES

Un centurion belge est jeté au lion. « Attention », hurle le public lorsque le lion le rattrape. « Ne vous inquiétez pas, j'ai un tour d'avance », dit le centurion !

MACÉDOINE

Un éclaireur de l'armée de César revient du front au grand galop :
- César, la Macédoine arrive...
- Bon... mets-la au frigo !

CHAMPION

Comment s'appelait le champion romain de course de chars ? Formulus Unus.

DEUX NOUVELLES !

Sur une galère romaine, les esclaves rament.
Le centurion annonce :
- Esclaves ! J'ai deux nouvelles : une bonne et une mauvaise. La bonne, c'est que Jules César vient d'arriver sur le bateau. La mauvaise, c'est que... il veut faire du ski nautique !

CHIEN DE CÉSAR

Comment appelait-on le chien de Jules César ?
... En le sifflant !

– Pour te ^remonter^ le moral, je vais te raconter quelques blagues…

Pendant que nous riions ensemble (mon cousin a un don pour raconter les blagues) un rongeur à mine arrogante approcha.

Il était grand et musclé, et arborait une cuirasse dorée. Son CHAR dernier cri était orné de l'écusson de sa famille. Et ses chevaux étaient d'élégants pur-sang.

Le gars, *ou plutôt le rat,* éclata de rire en voyant mes chevaux :

– Et *ça* ce seraient tes chevaux ? Jusqu'à hier, ils labouraient les champs, non ? Ha, ha, haaa !

SOURILINUS   GERONIMUS
RADEGOUTUS   STILTONIUS

Le rongeur rit encore en voyant mon char :

– Et *ça* ce serait ton char ? Quelle GUIMBARDE ! Il date de la fondation de Rome, non ? Ha, ha, haaa !

Il rit encore de moi :

– Et *toi* tu serais un cavalier ? Laisse-moi rire ! Ha, ha, haaa ! Prends note, souriceau : C'est moi qui vais remporter la Grande course de chars, moi, le noble Sourilinus Radegoutus !

Je répliquai fièrement :

– Que le meilleur gagne !

Sourilinus devint *rouge* de colère et siffla, comme un serpent venimeux : – Attention à toi, souriceau, attention à toi, attention à toi !

UNE PALPITANTE COURSE DE CHARS !

Tous les chars prirent position dans le **CIRQUE MAXIME**. Tout le monde regardait la loge de César… qui donna le départ de la course ! Les chevaux s'élancèrent dans un *NUAGE DE POUSSIÈRE*. Sourilinus adopta d'emblée un comportement $i^nc^or^re^c_t$!

CIRQUE MAXIME

La tradition veut que cette grande piste de course ait été construite par Tarquin l'Ancien (616-578 av. J.-C.). Il pouvait accueillir plus de 100 000 spectateurs. Les chars partaient entre deux piliers et parcouraient sept tours dans le sens inverse des aiguilles d'une montre. La ligne d'arrivée se trouvait devant la loge d'honneur.

Il fit une embardée et poussa un concurrent hors de la piste ! Il feignit de ralentir et tamponna un autre char ! Il *FOUETTA* le cheval d'un concurrent ! Un à un, il se débarrassa de tous les concurrents. Tous… *sauf moi* !

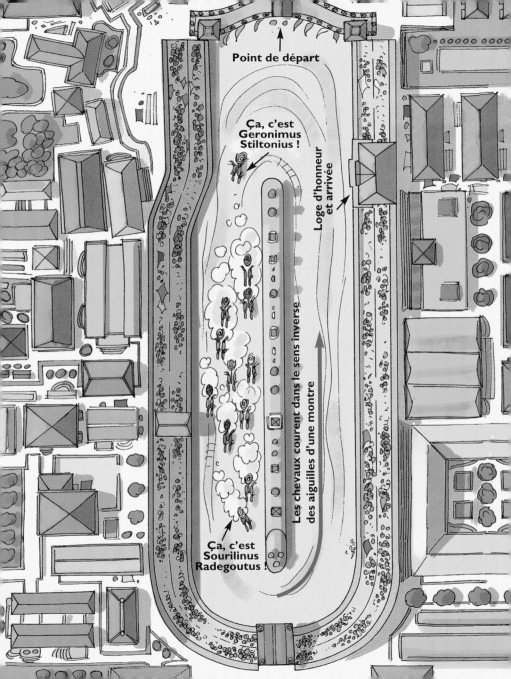

Point de départ

Ça, c'est
Geronimus
Stiltonius !

Loge d'honneur
et arrivée

Les chevaux courent dans le sens inverse
des aiguilles d'une montre

Ça, c'est
Sourilinus
Radegoutus !

Il cria à *TUE-TÊTE* :

– Plus vite, souriceau !

Puis il fouetta ses chevaux sans pitié.

J'avais très trèès trèèès peur.

Mais un cri s'éleva dans la tribune :

Vas-y, oncle Geronimo !

Au lieu de fouetter mes chevaux, je les caressai et les encourageai doucement :

– J'ai confiance en vous, mes amis ! Je sais que vous pouvez y arriver ! Ensemble… *NOUS GAGNERONS* !

Ils accélérèrent de toutes leurs forces.

Il ne manquait plus qu'un tour avant la fin de la course !

Nous abordions le dernier virage !

Il essaya tous ses petits $s_tr_at_ag_èm_es$, mais je ne faiblis pas ! La ligne d'arrivée était devant nous… j'accélérai… je passai en tête… Sourilinus était VERT de colère.

Il me coinça contre le mur de la piste.

J'entendis un grincement : il était en train de m'écraser contre le mur !

La foule cria, captivée :

– *Ooooooooooh !*

Je TIRAI sur les rênes et fis ralentir les chevaux… esquivant ainsi Sourilinus !

Puis je le dépassai sur la droite, repris de la vitesse et coupai la ligne d'arrivée sous les acclamations du public en délire :

– *Vive Geronimus Stiltonius !*

J'AVAIS GAGNÉ !

Tu… es un rongeur courageux !

Je m'avançai vers la loge et Jules César me dévisagea d'un ŒIL INQUISITEUR.

Il murmura :

– Par Jupiter, je n'aurais jamais imaginé voir Sourilinus Radegoutus battu, et en plus par un étranger !

Il plissa les yeux.

– Quel est ton nom ?

Je déglutis… César était-il en colère ?

Ces yeux froids comme des GLAÇONS à la menthe, durs comme l'acier et pénétrants comme une lame me mettaient mal à l'aise.

Je balbutiai :

– Mon nom est *Giltonius Steronimus,* c'est-à-dire *Geronius Stiltomerus,* c'est-à-dire… bref, *Geronimus Stiltonius* !

Il me FIXA me FIXA me FIXA et je sentis le besoin de baisser le regard, mais je décidai de tenir bon.

CAIUS JULIUS CAESAR

IL APPARTENAIT À LA FAMILLE NOBLE (*GENS*) DES JULIA.

À ROME IL CONSTITUA LE PREMIER TRIUMVIRAT AVEC POMPÉE ET CRASSUS. DANS *DE BELLO GALLICO* IL A RACONTÉ SA GUERRE EN GAULE.

EN 49 AV. J.-C., LE SÉNAT, EFFRAYÉ PAR SON POUVOIR, LUI ORDONNA D'ABANDONNER LE COMMANDE-MENT. MAIS CÉSAR FRANCHIT LE FLEUVE RUBICON ET MARCHA SUR ROME. CE FUT LE DÉBUT D'UNE GUERRE CIVILE QUI S'ACHEVA PAR LA DÉFAITE DE POMPÉE. CÉSAR DEVINT L'HOMME LE PLUS PUISSANT DE ROME. IL FUT TUÉ LE 15 MARS 44 AV. J.-C. PAR DES CONJURÉS, PARMI LESQUELS BRUTUS ET CASSIUS.

MYTHOLOGIE

JUPITER (ZEUS)
Roi de tous les dieux, souverain
du ciel et de la terre.

JUNON (HÉRA)
Femme de Jupiter,
elle est la déesse du mariage.

MINERVE (ATHÉNA)
Déesse de la sagesse,
des arts et des métiers.

MARS (ARÈS)
Dieu de la guerre et
de la force.

LES DIVINITÉS À ROME

Les Romains croyaient en plusieurs divinités qui gouvernaient les actions humaines. Ils les imaginaient *anthropomorphes* (c'est-à-dire ressemblant aux êtres humains), douées de sentiments semblables aux nôtres, et ils leur consacraient des temples splendides. Aux statues et aux peintures de ces divinités, ils adressaient des prières et des offrandes (gâteaux, miel, fruits). Nombreux sont les dieux de la mythologie romaine qui viennent de la mythologie grecque (les noms grecs sont indiqués entre parenthèses).

VÉNUS (APHRODITE)
Déesse de la beauté
et de l'amour.

MERCURE (HERMÈS)
Messager des dieux,
dieu du commerce.

NEPTUNE (POSÉIDON)
Dieu de la mer.

DIANE (ARTÉMIS)
Déesse de la lune
et de la chasse.

APOLLON (APOLLON)
Dieu du Soleil et des prophéties.

VESTA (HESTIA)
Déesse du foyer domestique.

POUCE LEVÉ : VIE !

POUCE BAISSÉ : MORT !

Je soutins ce regard magnétique pendant un moment qui me parut interminable.

Puis César sourit :

– Tu… es vraiment très *COURA-GEUX* ! Et j'aime le courage.

Puis il demanda, avec une fausse indifférence :

– Et que devons-nous faire de ton adversaire ? Tu peux décider de sa vie !

Il tendit la main. S'il *levait* le pouce, Sourilinus serait sauf. S'il le *baissait…* sa vie serait finie.

Un profond silence s'installa : tout le monde attendait ma réponse.

J'annonçai fièrement :

– Je demande que Sourilinus vive !

César me complimenta :

– Tu es courageux, mais tu es aussi généreux !

Il posa sur ma tête une couronne de feuilles de **LAURIER**.
Il annonça au public :
– Rendons hommage à Geronimus Stiltonius !
Une ovation éclata dans le Cirque Maxime :
– *Hourra ! Hourra !!!*

COURONNE DE LAURIER

La couronne de laurier n'avait pas de valeur économique, mais était plus précieuse que l'or : les sénateurs eux-mêmes devaient se lever quand un héros qui en portait une entrait dans une pièce ! Cet honneur n'était accordé qu'en récompense de mérites exceptionnels.

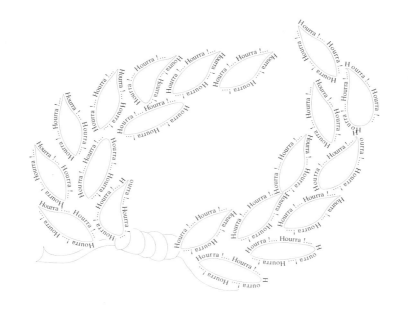

LE MARCHÉ
AUX ESCLAVES

Lorsque je sortis du Cirque Maxime, les rongeurs me firent une haie d'honneur. Mais quelqu'un, dans la foule, me pinça la queue et je me retournai en…

… sursautant.

C'était Traquenard, qui s'écria :
– Vite, cousin ! Si nous voulons sauver Marcus, nous devons courir au MARCHÉ AUX ESCLAVES, il est déjà trois heures de l'après-midi !
Le marché se tenait sur le Forum. Les esclaves étaient debout sur une ESTRADE TOURNANTE et portaient au cou un écriteau précisant leur origine, leurs qualités, leurs défauts, leur âge.

ORIGINE
QUALITÉS
DÉFAUTS
ÂGE

Nous arrivâmes juste à temps. Le crieur terminait la vente de deux esclaves, puis ce fut le tour de notre ami et de sa famille.

Le rongeur hurla :

– Nous allons à présent vendre un esclave du nom de Marcus, sa femme Licia et ses sept enfants ! Marcus est **FORT**, **musclé**, il a toutes ses dents, sa femme sait cuisiner et ses sept enfants sont en bonne santé. Qui est le plus offrant ?

QUEL EST LE PRIX DE... LA LIBERTÉ ?

Marcus avait l'air triste et résigné. Mais dès qu'il me vit, ses yeux **brillèrent** d'espoir !

J'ouvris le sachet de cuir qui contenait les pièces d'**or** et murmurai à Marcus :

– Quel est le prix de ta **LIBERTÉ** ?

Il compta sur ses doigts et balbutia :

– **20 aurei !**

Je lui donnai les pièces.

Puis je demandai :

– Et la liberté de ta **femme** ?

– **20 aurei !**

Je mis de côté un petit tas de pièces et poursuivis :

– Et pour tes sept **ENFANTS** ?

Il répondit :

– **70 aurei !**

MARCUS ET SA FAMILLE

MARCUS ET SA FEMME...

LEURS SEPT ENFANTS...

LEURS PARENTS PROCHES ET ÉLOIGNÉS !

Je peux *racheter*, ma liberté et celle de ma famille !
Je crois rêver…
Je souris à Marcus :
– Tout va bien ?
Marcus était embarrassé.
– Euh, il y aurait aussi mon vieux père Aurelius et
ma vieille mère Gliceria ! 30 aurei !
Je mis encore de côté un petit tas de pièces.
– Euh, euh, et aussi la vieille mère de ma femme,
Antonia ! 15 aurei !
Encore un petit tas de pièces d'or.
Téa s'exclama :
– Marcus, ne perdons pas de temps ! Si tu as
d'autres parents, dis-le tout de suite !
– Il y aurait aussi… euh euh euh, mon oncle
Balbinus, ma tante Diana et mon cousin Caius !
60 aurei !

Traquenard marmonna :
– Personne d'autre ?
Marcus, **ROUGE** de honte, avoua :
– Euh euh euh euh, il y aurait aussi un cousin éloigné, Pius…
20 aurei !

ESCLAVAGE

Les esclaves travaillaient dans les maisons, dans les champs ou dans les boutiques. Les plus cultivés tenaient les comptes et élevaient les enfants de leur maître. Les esclaves pouvaient être des prisonniers de guerre, mais c'étaient aussi des citoyens tombés en esclavage par suite de dettes. Les esclaves pouvaient racheter leur liberté : ils devenaient alors des « affranchis ».

Je comptais les pièces qui me restaient.
Je les offris à Marcus :
– Elles te serviront à racheter tes VIGNES, et tu pourras ainsi vivre en paix avec ta famille.
Il s'écria :
– Mais il ne reste rien pour toi !
Je souris.

– Je ne pourrais rien acheter de plus PRÉCIEUX que ta liberté. Sois heureux, Marcus, avec toute ta famille. Et ne nous oublie jamais !

Il m'embrassa avec émotion :

– Comment pourrais-je vous oublier ? Non seulement vous m'avez rendu la liberté, mais vous m'avez appris la valeur de l'amitié !

Traquenard cria :

– *Tempus fugit*,* il faut qu'on y aille !

L'amour triomphe de toutes les difficultés !

---

* *Le temps s'enfuit.*

La femme de Marcus me demanda :

– Mais où vas-tu, maintenant ? *Quo vadis, domine* ?*

Je soupirai :

> – Un long et **DANGEREUX** voyage nous attend pour rentrer à la maison. Mais nous n'oublierons jamais l'amitié qui nous lie à vous. *Et un jour, nous reviendrons !*

Marcus m'embrassa :

– Que **MERCURE**, le dieu des voyageurs, te protège !

Moi aussi, je l'embrassai :

– *Vale** !*

Avant de partir, nous allâmes saluer Ratilianus et sa femme. Puis nous retournâmes dans la ruelle obscure où nous avions caché **SOLARYA**.

Heureusement, personne ne l'avait remarquée !

Nous remontâmes à bord, nous nous assîmes à nos places et nous attachâmes les ceintures de sécurité.

J'entrai aussitôt sur l'**HYPER·Z** la date, l'heure et le lieu de notre destination suivante : CHICHÉN ITZÁ !

---

* *Où vas-tu, maître ?*   ** *Prends soin de toi !*

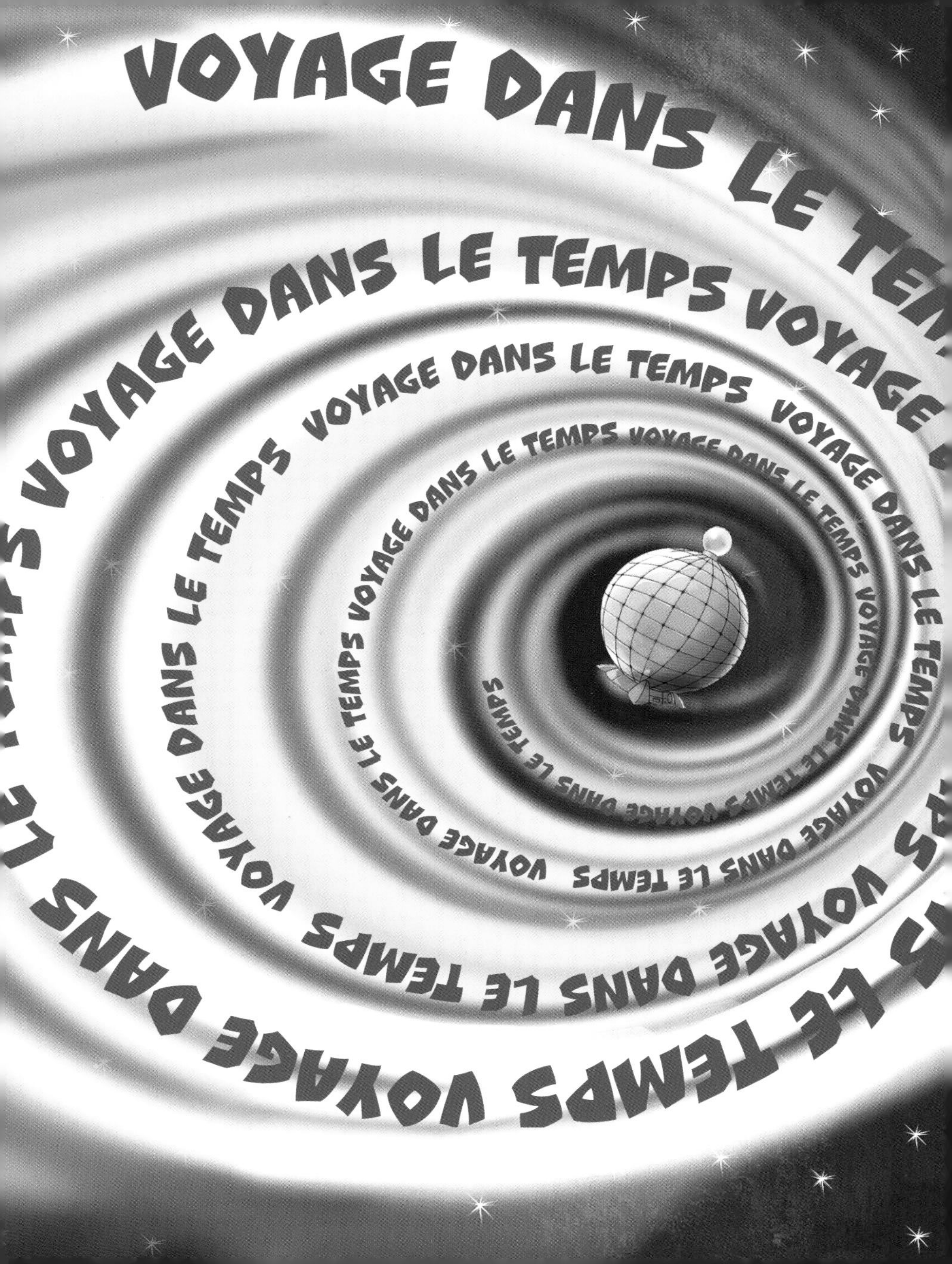
VOYAGE DANS LE TEMPS

La capsule commença à tourner, tourner, tourner tourner tourner tourner tourner tourner tourner tourner tourner tourner tourner tourner...

Enfin, les vibrations diminuèrent.

Aussitôt après, à mon poignet, **HYPER·Z** m'informa :

– DESTINATION EN VUE !

La sphère s'immobilisa et l'Hyper-Z annonça :

– DESTINATION ATTEINTE ! NOUS NOUS TROU-VONS DANS LA FORÊT DU YUCATÁN, LE 20 MARS 905 APRÈS JÉSUS-CHRIST !

AU
TEMPS
DES
MAYAS

EXPLORATION DES AMÉRIQUES

MEXIQUE

① San Salvador

② Aztèques

Yucatán

Guatemala

Caravelles de Christophe Colomb

YUCATÁN ET GUATEMALA :
c'est ici que vivaient les Mayas !

OCÉAN ATLANTIQUE

OCÉAN PACIFIQUE

AMÉRIQUE DU SUD

Incas

③

L'ARRIVÉE DES EUROPÉENS

① C. COLOMB (en 1492, il débarque sur une île, sans savoir qu'il est arrivé en Amérique).

② H. CORTÉS (en 1521, il conquiert le peuple aztèque).

③ F. PIZARRO (en 1533, il bat le peuple inca).

GRANDES CIVILISATIONS PRÉCOLOMBIENNES

C'est ainsi qu'on désigne les civilisations qui s'étaient développées en Amérique centrale et du Sud avant l'arrivée de Christophe Colomb. À partir de 2000 avant J.-C. apparurent les civilisations olmèque et maya, plus tard celles des Toltèques et des Aztèques. C'est aux alentours de l'an 1000 après J.-C. que les Incas arrivèrent au Pérou.

☀ LES MYSTÉRIEUX MAYAS

Ils vivaient entre le Yucatán (Mexique) et le Guatemala. Leur société était divisée en nobles, prêtres et paysans. Ils n'avaient pas de capitale, mais de nombreuses cités-États telles Chichén Itzá, Tikal, Copán, Palenque, Uxmal.

☀ LES VALEUREUX GUERRIERS AZTÈQUES

Leur capitale était Tenochtitlán. Ils conquirent certains des anciens territoires des Mayas et d'autres autour du Mexique. Ils furent à leur tour battus par Cortés, qui emprisonna leur empereur Moctezuma et les réduisit en esclavage.

Moctezuma

☀ LES MALHEUREUX INCAS

Ils vivaient dans la région de Cuzco (Pérou). Le mot inca signifie « enfant du soleil », leur religion étant fondée sur le culte du soleil. Pizarro les asservit, les obligeant à travailler dans les mines d'argent.

LE PÉRILLEUX VOYAGE DE COLOMB

CHRISTOPHE COLOMB

CHRISTOPHE COLOMB (1451-1506) reçut de la reine d'Espagne trois navires (*Niña, Pinta* et *Santa Maria*) pour se rendre aux Indes. Le 12 octobre 1492, il débarqua dans une île des Bahamas qu'il baptisa San Salvador. Il ne s'aperçut pas qu'il avait découvert un nouveau continent !

UN NOUVEAU CONTINENT BAPTISÉ...

Le continent fut baptisé *Amérique* en l'honneur d'Amerigo Vespucci, qui explora l'Amérique du Sud entre 1499 et 1502.

Hélas, après Colomb, les souverains européens envoyèrent des aventuriers sans scrupule, les *conquistadores* (conquérants).

Ils s'emparèrent des immenses trésors d'or et d'argent des populations locales (Mayas, Aztèques et Incas), qui furent réduites en esclavage.

Leurs précieuses œuvres d'art furent détruites, et c'est pourquoi ces civilisations restent mystérieuses !

Carte du Yucatán

LE YUCATÁN est une grande péninsule du golfe du Mexique. C'est ici que vivaient une partie des Mayas. Les côtes sont arides et basses, le centre montagneux est couvert par une épaisse forêt. Le nom de YUCATÁN provient d'un malentendu. Les Espagnols demandèrent un jour aux Indiens le nom de leur terre et ceux-ci répondirent : « Ma c'ubah than », c'est-à-dire « Nous ne comprenons pas » ! Depuis lors, les Espagnols appelèrent ce territoire YUCATÁN !

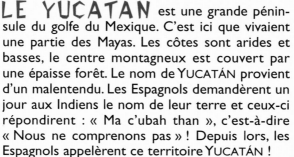

LE VÉRITABLE TRÉSOR DES MAYAS ÉTAIT...

Solarya ouvrit ses portes et nous sortîmes.

Nous revêtîmes nos costumes mayas puis dissimulâmes la capsule. Je lus sur l'Hyper-Z :

– Nous sommes dans la FORÊT tropicale du YUCATÁN ! Ici, les Mayas trouvent des FRUITS pour se nourrir, du BOIS pour leur cabane, des ANIMAUX à chasser, des FIBRES pour tisser leurs vêtements et des herbes pour se soigner : pour eux, la forêt, c'est la vie ! Ils considèrent que la nature est le plus grand des trésors et ils la respectent. Dans la forêt vivent de nombreux animaux, parmi lesquels...

Tout en lisant, je m'étais assis, mais je m'aperçus que c'était sur le PETIT CADEAU d'un toucan ! Quelle odeur !

LA FORÊT
TROPICALE

FORÊT TROPICALE
1. Chicozapote
2. Toucan
3. Quetzal
4. Boa constrictor
5. Geronimo Stilton
6. Orchidée lycaste

7. Tapir
8. Jaguar
9. Orchidée stanhopea
10. Singe-araignée aux mains noires
11. Liane

LA MODE MAYA

Les hommes portaient un *ics*, bande de tissu entourant les hanches. Ils se nouaient un manteau sur les épaules, qui leur servait de couverture pour la nuit.
Ils ornaient leurs cheveux avec de petits miroirs d'obsidienne, une pierre très dure, et se rasaient les cheveux au sommet du crâne. Ils aimaient les tatouages, gravés avec des os pointus, qui faisaient pénétrer dans la peau des substances colorées.
Les femmes portaient le *kub*

GUERRIER

(tissu brodé avec un trou pour la tête et deux trous pour les bras). Elles portaient au cou une écharpe de couleur.

NOBLE

PAYSAN

ENFANT

COUTUMES ÉTRANGES

Hommes et femmes se perçaient le lobe de l'oreille et l'élargissaient, petit à petit, pour y insérer des breloques grosses comme des œufs !

Ils se perçaient aussi la narine gauche et y mettaient une topaze.

Un crâne allongé était considéré comme un signe de beauté, de même que le strabisme.

Les jeunes gens avaient l'habitude de se peindre le corps en rouge, les vieillards en noir. Quant au bleu, c'était une couleur réservée aux cérémonies sacrées.

NOBLE **PAYSANNE** **ENFANT**

Tatou

Banane

Séneçon

Bois

Je hurlai :

– Nom d'un toucan !

À cause de ce que le toucan avait laissé derrière lui, ma belle tunique blanche était toute sale ! Et je n'avais pas d'habits de rechange. Je me résignai à marcher en laissant derrière moi un sillage « parfumé »… au toucan et repris ma lecture de l'Hyper-Z.

– Les Mayas n'avaient pas d'argent. Pour leurs échanges, ils utilisaient le JADE, le sel et les fèves de cacao. Avec quatre fèves de cacao, on pouvait acheter une citrouille, avec dix un lapin, avec cent… un esclave.

Téa secoua la tête.

– Ici aussi, il y a des esclaves ? Quelle honte !

Nous marchâmes longuement dans la forêt, mais nous ne voyions toujours pas Chichén Itzá, principale ville maya et but de notre voyage ! Alors, Téa ordonna :

– Quelqu'un va GRIMPER sur un

arbre pour qu'on puisse s'orienter. Je resterai en bas pour monter la garde.

Traquenard soupira :

– Ouais, quelqu'un doit **GRIMPER**. Mais pas moi : il faut que je prépare le repas !

Benjamin se porta volontaire :

– Moi, je vais grimper !

Téa et Traquenard secouèrent la tête.

– Tu es trop petit. Il faut quelqu'un d'autre, par exemple… par exeeemple… par exeeeeemple…

Jade

Cacao

Sisal

D'Amérique…

À la suite de la découverte des Amériques, des plantes inconnues arrivèrent en Europe, telles que le cacao, le café, la pomme de terre, le maïs, le haricot, le poivron, la tomate, l'ananas et même… la gomme à mâcher, que les Mayas obtenaient de la résine d'une plante, le chicozapote.

Chicozapote (gomme à mâcher)

Ils se tournèrent vers moi et me regardèrent fixement.
Je *PÂLIS*.
J'essayai d'expliquer :
– Pas *moi* ! *Moi*, je ne peux pas grimper, *moi*, j'ai le v e r t i g e !
Téa me poussa vers un arbre **GIGANTESSSSSSQUE**.
– Il suffit de ne pas regarder en bas. Tu as compris ? **N-E-R-E-G-A-R-D-E-P-A-S-E-N-B-A-S !**
J'essayai de m'esquiver...
Mais Traquenard me rattrapa par la queue :
– Que fais-tu, tu te défiles ?

Benjamin insista :

– Tonton, si tu veux, je vais grimper dans l'arbre à ta place !

Je caressai ses petites oreilles :

– Merci, petite souris de mon cœur, 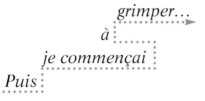 je t'adore. Mais j'ai décidé de grimper. *Le secret du courage, c'est… toujours d'affronter ce qui nous effraie !*

Je pris une grande inspiration pour me donner du courage.

grimper…

à

je commençai

Puis

À un moment donné, je regardai en bas… et ma tête commença à tourner !

Je m'**ENCOURAGEAI** en répétant :

– JE VAIS Y ARRIVER JE VAIS Y ARRIVER JE VAIS Y ARRIVER !

Enfin, je parvins à la cime et découvris…

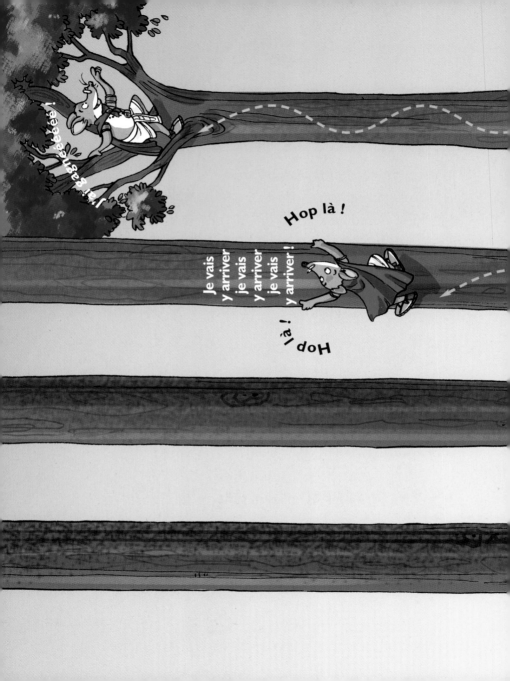

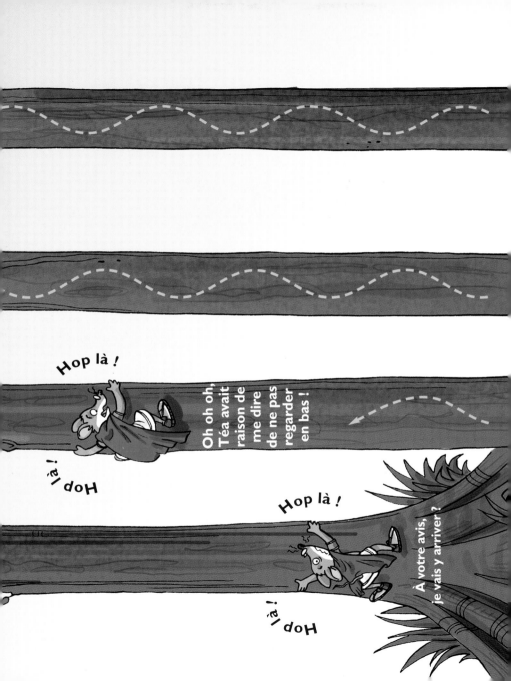

RENDEZ-VOUS...
AVEC UN JAGUAR !

Je découvris une **PYRAMIDE** maya !
Lorsque je redescendis de l'arbre, Téa et Benjamin
me félicitèrent :

– *Bravo, Geronimo !*

Traquenard, jaloux, soupira :

– Pff, de toute façon, tu étais mort de trouille, *tu
étais* PÂLE *comme un camembert...*

Téa, elle, était fière de moi.

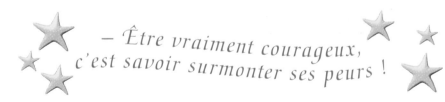

– *Être vraiment courageux,
c'est savoir surmonter ses peurs* !

Geronimo, tu es encore plus fort, parce que, même si
tu avais la *FROUSSE*, tu as quand même grimpé !
Nous décidâmes de faire une pause pour préparer le
repas. Traquenard alluma le *FEU*...

C'est alors que nous entendîmes un cri de terreur qui provenait de la partie la plus OBSCURE de la forêt !

Puis un rugissement félin :

– GRRRRRRRRRRRR !

J'empoignai une branche enflammée.

J'avança silencieusement dans la forêt, jusqu'à ce que je découvre... un petit garçon et une petite fille perchés dans un arbre !

Au pied de l'arbre, un dangereux JAGUAR était prêt à les dévorer !

Le félin rugissait, menaçant, en grinçant des dents, qu'il avait très pointues.

Il s'agrippa au tronc, sortant ses griffes... et se prépara à grimper !

Les deux enfants hurlèrent encore plus fort, TERRORISÉS. L'aîné serra sa petite sœur contre lui pour la protéger.

Je n'hésitai pas une seconde.

Je me précipitai sur le jaguar, en secouant la BRANCHE enflammée et en hurlant à tue-tête.

Téa brandissait une branche épineuse et Traquenard agitait une GROSSE pierre pointue.

Benjamin, armé de deux cailloux, les tapait très fort l'un contre l'autre pour faire du BRUIT et effrayer le fauve.

Le jaguar, délaissant les enfants, se ~retourna~.
Il montra des crocs aiguisés comme des poignards, et ouvrit si grand la gueule que l'on put voir ses AMYGDALES !
Puis, d'un coup de patte foudroyant… il me griffa la queue !
Je hurlai :
– Je tiens à ma queue, moi !
Je secouai la branche **ENFLAMMÉE** sous son museau, jusqu'à lui brûler les moustaches !

GRRRRRRRRRRRRRRRRRR !

Je tiens à ma queue, moi !

Va-t'en !

Le jaguar qui, comme tous les animaux sauvages, a peur du **FEU**, s'enfuit en un clin d'œil, tandis que je m'exclamai, fou de joie :

– Hourraaaaa !

J'attendis qu'il soit suffisamment loin, puis je m'adressai aux deux enfants, qui étaient restés dans l'arbre.

– Bonjour, mon nom est, euh, Geronimac Stiltonax.

Hourra !

Merci de nous avoir sauvés !

N'ayez pas peur !

Le garçon sourit :
– Je m'appelle RATUL, et voici ma sœur ICS RAT.
Merci de nous avoir sauvés, étranger. Mais... ta
queue est blessée ! Venez chez moi, ma mère Rat-
tán connaît la médecine des herbes et mon père
Ratopos sera heureux de faire votre connaissance !
Nous les suivîmes jusqu'à l'endroit où la FORÊT
s'éclaircit et...

Ému, je m'exclamai : CHICHÉN ITZÁ !

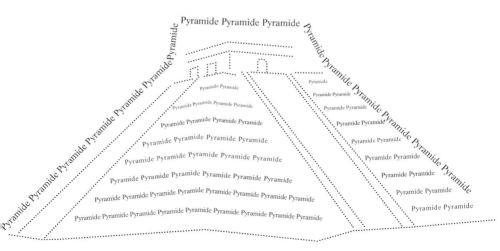

BIENVENUE
À CHICHÉN ITZÁ !

Nous étions arrivés à CHICHÉN ITZÁ, la grande cité maya !

Les derniers rayons du soleil DORAIENT le ciel. Une pyramide se dressait, majestueuse : le soleil la faisait resplendir comme si elle avait été en or massif.

La ville était protégée par une muraille de **PIERRE**. Autour de la cité, plein plein plein de cabanes aux toits en FEUILLES DE PALME.

Ratul et Ics Rat nous conduisirent à une hutte de bois et crièrent :

– Papa, maman !

Deux Indiens sortirent.

Ratul expliqua :

– Un JAGUAR nous a poursuivis, mais cet étranger nous a **SAUVÉ LA VIE** !

Ratopos se jeta à genoux devant moi.

– Merci d'avoir sauvé mes enfants, courageux étranger ! Tout ce qui m'appartient est à toi !

Je lui souris :

– Je suis HEUREUX d'avoir aidé tes enfants. Tu ne me dois rien.

Ratopos se releva, ému, tandis que Rat-tán pleurait, en embrassant Ratul et Ics Rat.

Elle murmura :

– Bienvenue à CHICHÉN ITZÁ !

MAISON MAYA

Ratopos s'excusa :

– Nous ne sommes *que* de pauvres paysans. Et nous n'avons *qu'*une pauvre maison. Et dans nos réserves, nous n'avons *que* de pauvres aliments : mais tout ce que nous avons, nous vous l'offrons du fond du cœur ! NOTRE MAISON EST VOTRE MAISON !

Maison maya

La cabane était petite, et sur le sol de terre battue étaient étalées des nattes de feuilles.

Dans un angle, un panier de `haricots secs` et un tas de *melons mûrs*.

Il y avait également un pot de miel. Les Mayas élevaient les A B E I L L E S   M A Y A S, une espèce particulière d'abeilles sans dard !

Abeille maya

Ratopos insista :

– Restez ! Nous allons organiser un banquet en votre honneur !

Les paysans des cabanes voisines arrivèrent.

Chacun apportait un plat différent : galettes de MAÏS, galettes de haricots noirs, patates douces au four, ragoût de citrouille, iguane PIQUANT, tatou en morceaux, LIÈVRE rôti, tranches fumées de SERPENT BOA, gâteau aux bananes.

Traquenard hurla :

– S'il vous plaît, essayez de paraître *normaux* !

Surtout toi, Geronimo, parce que depuis que tu es tout petit, tu as toujours l'air un peu… *bizarre* !

Puis il me donna une pichenette sur la queue.

Je fis comme si de rien n'était, mais cela commençait à me taper sur le système.

LA LÉGENDE DU DIEU JAGUAR

LA LÉGENDE RAPPORTE QUE, LE JOUR, LE DIEU SOLEIL TRAVERSE LE CIEL D'EST EN OUEST. MAIS, LA NUIT, IL SE TRANSFORME EN JAGUAR !
TOUTE LA NUIT, LE JAGUAR CHASSE LES ESPRITS MALINS ET, À L'AUBE, IL SE TRANSFORME DE NOUVEAU EN CE GÉNÉREUX ET VICTORIEUX DIEU SOLEIL !

Durant le repas, Ratopos nous raconta une légende sur les jaguars.

Tout en l'écoutant, je pris d i s t r a i t e m e n t un bol contenant un liquide rouge.

Comme je croyais que c'était du jus de tomate, je n'en fis qu'une gorgée.

J'éc_arqu$_i$$l_la_i$ les yeux…

Ma langue prit feu…

Et de la **FUMÉE** me sortit par les oreilles !

Rat-tán s'écria :
– Attention, étranger !
C'EST DU PIMENT !

Quand le dernier invité fut parti, nous nous étendîmes sur les nattes de feuilles, nous nous enroulâmes dans des couvertures aux **VIVES COULEURS** et nous endormîmes, épuisés mais heureux.

C'EST DU PIMENT !

L'AUBE DANS
LE VILLAGE MAYA

Il était quatre heures du matin quand je fus réveillé. Rat-tán était en train de pétrir la farine de maïs et de faire cuire des galettes.

Ratopos annonça :

– Aujourd'hui, c'est la FÊTE DU PRINTEMPS, et les paysans vont pouvoir entrer en ville ! En effet, seuls les prêtres habitent 𝕮𝕳𝕴𝕮𝕳𝕰𝕹 𝕴𝕿𝖅𝕬 : nous n'avons le droit d'y pénétrer qu'en certaines occasions très spéciales !

Allumer le feu... **Pétrir la farine...** **L'étaler sur une pierre brûlante !**

Pendant que nous approchions de la ville, je remarquai les boutiques de nombreux 𝒜ℛ𝒯𝒮𝒜𝒩𝒮. Les Mayas ne connaissaient pas l'art des métaux :

LE MAÏS

Les Mayas le faisaient sécher et cuire sous la cendre. Puis ils l'écrasaient dans des mortiers de pierre et, avec la farine obtenue, ils préparaient des galettes.

tous leurs ustensiles (rasoirs, miroirs, couteaux) étaient en OBSIDIENNE, une pierre très dure ! Les femmes tissaient des étoffes et faisaient des nattes avec la fibre de sisal, qu'elles obtenaient des agaves. Avec les PLUMES COLORÉES des oiseaux,

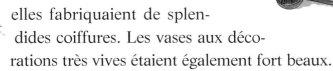
Métier à tisser maya

 elles fabriquaient de splendides coiffures. Les vases aux décorations très vives étaient également fort beaux.

POP

UO

ZIP

ZOTZ

KANKIN

CALENDRIER MAYA

Ces symboles représentent les dix-neuf divisions du calendrier maya : dix-huit mois de vingt jours, plus cinq jours que les Mayas considéraient comme une période néfaste dont ils avaient peur ! L'année commençait en juillet, par le mois de POP.

MUAN

PAX

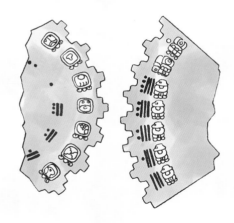

KAYAB

CUMHU

UAYEEB

TZEC

XUL

YAXKIN

MOL

LA REPRÉSENTATION DU TEMPS

Voici une émouvante poésie maya sur le temps :

« Le temps n'a ni début ni fin,
l'éternité est un instant toujours vivant.
Nous sommes le temps entre deux éternités :
avant nous, l'éternité...
après nous, l'éternité ! »

Les chiffres mayas étaient représentés par des traits et des points, le zéro l'était par un coquillage.

CHEN

YAX

MAC

CEH

ZAK

LES BAINS DE VAPEUR

Ratopos nous conduisit devant une construction de pierre qui ressemblait à un four à pain.

– Selon la tradition maya, avant de visiter la CITÉ SACRÉE, je vous invite à un BAIN DE VAPEUR, pour nous purifier le corps et l'esprit.

Il donna cinq fèves de cacao à un prêtre à l'air gentil qui se présenta :

– Je suis Puuc, je m'occupe des BAINS DE VAPEUR !

Nous nous déshabillâmes, nouâmes des serviettes blanches autour de notre taille, puis baissâmes la tête pour franchir la petite porte et pénétrâmes dans le four chaud. Puuc nous expliqua :

– Si la porte est basse, c'est parce que, pour se purifier et devenir sage, il faut apprendre à être humble !

Puuc versa sur les pierres brûlantes un peu de *copal* (résine semblable à l'encens) et une vapeur parfumée s'éleva. Il nous enferma à l'intérieur et nous nous retrouvâmes dans une profonde obscurité.

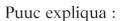

Puuc expliqua :

– La vapeur va nettoyer les pores de la peau en profondeur, et en transpirant vous éliminerez les *toxines*, c'est-à-dire *les impuretés produites par le corps*.

Je songeai que ces bains de vapeur correspondaient à notre « sauna » moderne.

Puuc murmura :

– Dites-moi si vous voyez quelque chose dans le nuage de **VAPEUR** ; ainsi, j'interpréterai votre personnalité !

Téa vit un *aigle aux ailes déployées* et Puuc commenta :

– C'est un symbole de pouvoir, cela signifie que tu es ambitieuse, forte et décidée !

Benjamin vit un *cœur* et Puuc sourit :

– Tu es un petit garçon sensible !

Traquenard vit une tranche de *melon* et Puuc éclata de rire :

– Tu ne penses qu'aux choses matérielles !

Quant à moi, j'avais vu un nuage.

Puuc s'illumina :

– Un nuage ? Vraiment ? C'EST BON SIGNE ! Il va peut-être pleuvoir !

Nous saluâmes Puuc puis sortîmes des BAINS DE VAPEUR et remîmes nos vêtements.

Je m'exclamai :

– Oh, c'est merveilleux, je me sens tout propre ! J'adore être prop…

À cet instant précis, je reçus sur le crâne UN PETIT CADEAU puant de toucan ! Quelle odeur !

Je hurlai :

– Nom d'un toucan !

Je voulais me nettoyer (je suis un gars, *ou plutôt un rat*, très propre), mais nous n'avions plus le temps de retourner aux BAINS DE VAPEUR, et nous continuâmes notre chemin.

LES COULEURS DE LA VIE, DE LA GUERRE ET DES DIEUX

La visite de la ville me stupéfia.

Je n'imaginais pas que, à l'origine, les monuments mayas avaient **DES COULEURS AUSSI VIVES** !

Nous débouchâmes sur une grande place, où se tenait le marché.

Ratopos dit :

– Voici la merveilleuse PYRAMIDE DE KUKULCÁN ! Et là, c'est le TEMPLE DE VÉNUS, où l'on exécute les danses sacrées.

Il nous emmena dans un stade :

– Et maintenant, nous sommes sur le TERRAIN DU JEU DE BALLE ! Et voici le

LES COULEURS DES MAYAS

Bleu : symbole des dieux. Il était obtenu à partir d'un minéral. Les jours sacrés, les Mayas se coloraient le corps en bleu.

Noir : symbole de la guerre, car les flèches étaient noires. On l'obtenait à partir du charbon.

Jaune : symbole de la nourriture, parce que c'est la couleur du maïs. On l'obtenait à partir du minerai de fer.

Rouge : symbole de la vie. On l'obtenait à partir de la noix du Brésil, d'un mollusque et... même des ailes de coccinelles !

CARTE DE CHICHÉN ITZÁ

Le nom CHICHÉN ITZÁ signifie BOUCHE DU PUITS DES MAGICIENS DE L'EAU. La ville fut un centre important entre 900 et 1100 après J.-C. Plus de 500 000 personnes habitaient dans les environs : elle était donc, à l'époque, la plus importante ville du monde !

1. **Temple des Mille Colonnes**
2. **Temple des Guerriers**
3. **Pyramide de Kukulcán**
4. **Temple de Vénus**
5. **Terrain du jeu de balle**
6. **Temple des Jaguars**
7. **Observatoire astronomique**
8. **Temple d'Akab-Dzib**
9. **Bains de vapeur**
10. **Puits des Sacrifices**

TEMPLE DES MILLE COLONNES

TEMPLE DES JAGUARS

PYRAMIDE DE KUKULCÁN

OBSERVATOIRE

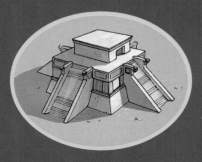

TEMPLE DE VÉNUS

TEMPLE D'AKAB-DZIB

temple des Jaguars, d'où les spectateurs assistent aux parties ! Là-bas, dans l'observatoire astronomique, on étudie les secrets du ciel... tandis que, dans le temple d'Akab-Dzib, sont conservés nos LIVRES SACRÉS !

Ratopos désigna une longue colonnade :

– Voici le temple des Mille Colonnes. Et, là-bas, c'est le temple des Guerriers, centre du pouvoir militaire. Et maintenant, allons visiter le marché...

Les livres mayas

Ils étaient écrits en *hiéroglyphes* (écriture sacrée) et ornés de miniatures. Pour fabriquer le papier, on faisait macérer des écorces d'arbres : on obtenait de longues feuilles repliées en accordéon.

Les destructions des *conquistadores* n'ont épargné que trois de ces livres : c'est une perte inestimable !

POK-A-TOK

En sortant du marché, nous retournâmes au TERRAIN DU JEU DE BALLE, qui était entouré par de hauts murs de pierre. Il était long de 165 mètres et large de 68 ! Ratopos nous expliqua à voix basse :

– Je vous ai amenés ici pour que nous assistions au *pok-a-tok*, un JEU SACRÉ ! Il s'appelle *pok-a-tok* parce que c'est le bruit que fait la balle en $r^eb^on_d{}_is{}_s{}^an{}^t$!

Les joueurs se déplaçaient, **AGILES** et légers comme s'ils dansaient, mais les coups étaient très puissants.

Le jeu ressemblait au basket, mais il était plus difficile, car la balle de caoutchouc devait passer à travers un tout petit anneau de pierre !

COMMENT JOUAIT-ON AU POK-A-TOK ? Les équipes étaient composées de sept joueurs. Chaque joueur essayait de faire passer une balle de caoutchouc à travers un anneau de pierre accroché à un mur. C'était un véritable exploit qu'on leur demandait là, car non seulement l'anneau était très étroit et situé très en hauteur, mais les joueurs n'avaient pas le droit de se servir de leurs mains et ne pouvaient toucher la balle qu'avec les hanches, les coudes, les genoux et la tête ! Bref, une mission presque impossible... Un vrai mystère maya !

Anneau dans lequel doit passer la balle

Balle de caoutchouc

Rembourrage

Genouillère

EUH, MAIS JE NE SAIS PAS DANSER...

Un prêtre nommé Ratampac me désigna d'un air sévère :
– *Toi ! Toi*, oui, toi ! *Toi toi toi !* Où vas-tu ? Maintenant, tu *dois* danser !
J'essayai de m'expliquer :
– Euh, mais je ne sais pas danser...

LES DANSES SACRÉES

Les danseurs avaient des grelots de cuivre et brandissaient des éventails. Les danses servaient à invoquer les dieux et duraient pendant des heures... Ceux qui se trompaient de rythme ou s'arrêtaient étaient sévèrement punis !

Mais le prêtre se fit menaçant :
– Eh bien, tu danseras quand même ! Tout le monde doit danser la DANSE SACRÉE !
Je pâlis : je n'ai jamais été un bon danseur ! Je n'ai pas du tout le sens du rythme ! Quand Téa m'oblige à danser la valse avec elle, je passe mon temps à lui écraser les pattes !

Mais je n'avais pas le choix, et je montai donc sur une scène de pierre où l'on dansait : c'était le TEMPLE DE VÉNUS !

Le pelage de tous les danseurs fut teint en **BLEU** (la couleur des cérémonies sacrées) et on nous attacha des grelots aux genoux. Puis on me remit un éventail de plumes vertes.

Pyramide

Temple de Vénus

Je regardai les musiciens qui se préparaient à jouer. Ils avaient des trompettes d'argile, des flûtes d'os, des castagnettes et des tambours faits avec des carapaces de tortue.

Ratampac prit un *coquillage*. C'était le signal du début de la danse.

Mais c'est alors que... le **VENT** changea de direction et nous apporta un nuage de moustiques. Ils étaient attirés par mon **odeur** ! Et ils commencèrent à me piquer ! Ils me piquèrent les oreilles, le museau, ils se glissèrent dans mes narines, dans mes oreilles et dans ma bouche ! Je sanglotai :

– Je suis tout cabossé !

Pour chasser les moustiques, je commençai à sautiller frénétiquement d'avant en arrière, de droite à gauche, de haut en bas de la scène.

Mais, tout en sautillant, je dérapai sur le puant

Je suis tout cabossé !

🦤 **PETIT CADEAU** d'un toucan ! **Quelle odeur !**

Je hurlai :

« **Nom d'un toucan !**

Et... nom de milliers de moustiques, aussi !!!

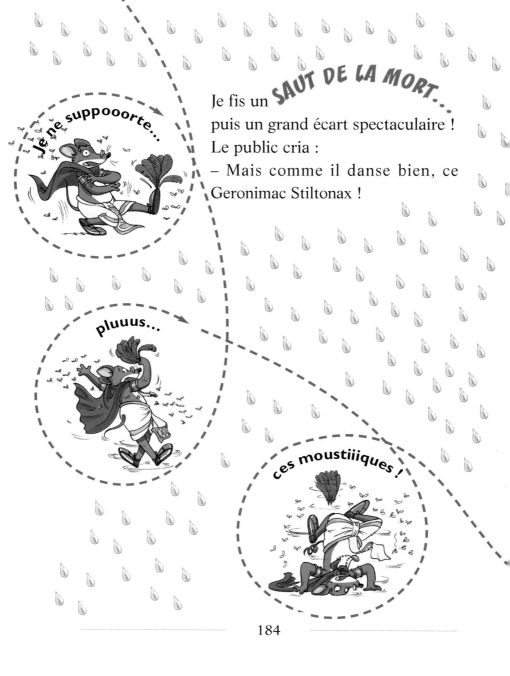

Je ne suppooorte...

Je fis un **SAUT DE LA MORT**... puis un grand écart spectaculaire ! Le public cria :

– Mais comme il danse bien, ce Geronimac Stiltonax !

pluuus...

ces moustiiiques !

Au moment où je me relevais, j'entendis un bruit bizarre : le TONNERRE !

Une goutte me tomba sur le bout du museau… une autre goutte sur une oreille… une autre goutte sur les moustaches.

C'était la PLUIE !

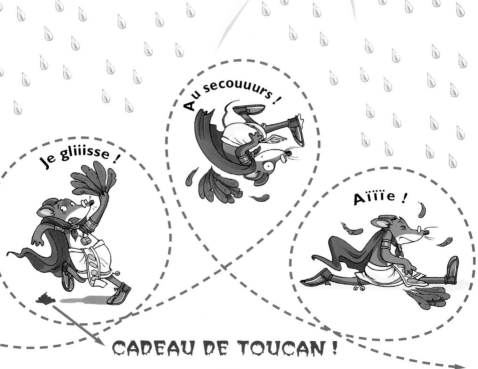

CADEAU DE TOUCAN !

LE BONHEUR,
C'EST AUSSI...
UNE GOUTTE DE PLUIE !

Les Mayas m'acclamèrent :

– Étranger, ton incroyable danse a plu aux , qui ont décidé de faire pleuvoir !

Vive la pluie !

À mon avis, s'il pleuvait, c'est seulement parce qu'il était arrivé des **NUAGES** !

Mais je vis le bonheur des Mayas et dis gentiment :

– Si c'est ce que vous croyez... *je respecte votre point de vue !*

Ratampac leva les bras et cria, d'un ton solennel :

LES SEMAILLES

Le maïs était considéré comme un don des dieux : les semailles étaient une cérémonie sacrée. On semait pendant le neuvième mois, Chen (Lune), ou le dixième, Yax (Vénus) et seulement les jours de pluie, pour que le maïs germe mieux.

– Il pleut, c'est le moment de s e m e r !

Tous les Mayas partirent au pas de course, chantant en chœur :

– C'est le moment de semer !

Je levai la tête, pour sentir les gouttes fraîches couler sur mon museau.

Je pensai que le bonheur est dans tout, dans le *pain* quand on a faim, dans une *couverture* quand on a froid, dans un *sourire* quand on est seul et même… dans une *goutte* de pluie quand il ne pleut pas depuis des mois !

Ratampac s'inclina :

– Étranger, nous te réservons **un grand honneur : tu** pourras escalader la pyramide, où tu **rencontreras** Kukulcán, notre chef !

Ratopos soupira :

– Escalader la **PYRAMIDE** est **un grand** honneur ! J'aimerais tant y monter, moi aussi ! Je pourrais le raconter à mes enfants qui le raconteraient à leurs enfants qui le raconteraient à leurs enfants… et ainsi de suite et ainsi de suite et ainsi de suite… pendant des générations et des générations et des générations.

Je demandai à Ratopos :

– Tu veux monter avec moi ?

Il bredouilla, trop ému :

– Par mille épis de maïs démaïssés ! Tu fais mon bonheur !

Nous escaladâmes la pyramide **qui rougeoyait dans** le COUCHANT…

Toutes ces marches !

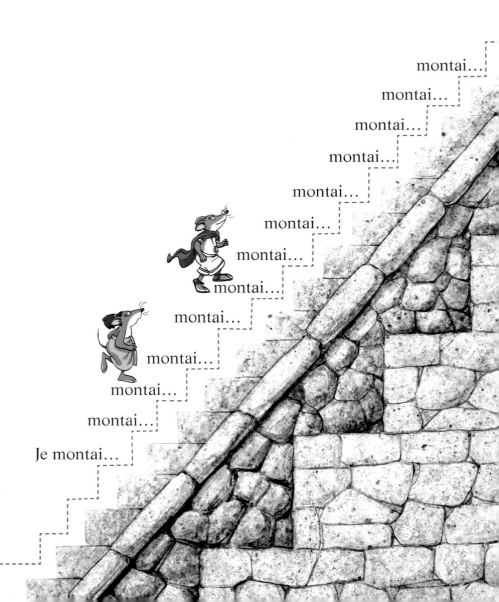

montai…

montai…

montai…

montai…

montai…

montai…

montai…

montai…

montai…

montai…

montai…

montai…

Je montai…

Au sommet de la pyramide, je vis le chef maya.

Pour son peuple, c'était un personnage très important, car il représentait le symbole vivant du Kukulcán, le dieu Serpent à plumes !

Il portait une précieuse veste jaune avec des décorations noires, des SANDALES DORÉES… et un très haut couvre-chef de plumes vertes.

Il s'adressa à moi :

– Que demandes-tu, étranger, pour avoir dansé ta danse bizarre qui a fait pleuvoir ?

Très impressionné, je répondis :

– Euh, je voudrais pouvoir consulter les livres de votre peuple !

Il baissa la tête en signe d'approbation et en désignant le TEMPLE D'AKAB-DZIB.

AKAB-DZIB,
LE TEMPLE DE
L'ÉCRITURE SECRÈTE

Je m'inclinai et redescendis la pyramide.

Je descendis…

descendis…

descendis…

descendis…

descendis…

descendis…

descendis…

descendis…

descendis…

descendis…

descendis…

Ratopos et Ratampac nous accompagnèrent au TEMPLE D'AKAB-DZIB. Le prêtre nous expliquait :
– AKAB-DZIB signifie « ÉCRITURE SECRÈTE ».
C'est ici, dans nos livres sacrés, qu'est recueilli tout le savoir de notre peuple !
Je poussai un soupir de bonheur.
Mon rêve allait se réaliser !
J'entrai dans le TEMPLE et Ratampac me montra les milliers de livres de papier.
Je me mis à les feuilleter, très ému.
Je me préparai à les photographier avec l'Hyper-Z.

C'est *juste* à ce moment... *juste juste* à ce moment... *juste juste juste* à ce moment que la terre trembla !

C'était un tremblement de teeeeeeeeeeeeeeerre !

Traquenard hurla :

– Nous n'avons pas le temps d'étudier ces vieux papiers poussiéreux. Il faut partir tout de suite ! Si Solarya était abîmé par le tremblement de terre, nous serions condamnés à rester ici à jamais !

Je protestai :

– Mais ce ne sont pas des papiers poussié-reux... Ce sont des livres uniques au monde !

SOLARYA

Téa cria :

– *DÉPÊCHE-TOI !*

Benjamin me tira par la queue.

– Je t'en prie, tonton ! Allons-nous-en, j'ai très PEUR !

Les moustaches vibrantes d'émotion, je réfléchis un instant. Je pouvais mettre *ma* vie en danger... mais il n'était pas juste de mettre en danger celle de *mes amis* !

Je désirais passionnément découvrir les secrets des Mayas... mais mes amis étaient plus importants !

MYSTÈRES DES MAYAS

◎ **ILS ABANDONNENT LEURS VILLES… POURQUOI ?**
Après l'an 1000, les Mayas ont mystérieusement abandonné leurs cités-États. Il paraît incroyable qu'ils soient partis sans une bonne raison : pourtant, il n'y eut ni épidémie, ni invasion militaire, ni catastrophe naturelle… Pourquoi ?

◎ **VOISINS MAIS INCONNUS… POURQUOI ?**
Les Mayas ne connaissaient pas le peuple inca, qui ne vivait pourtant pas très loin d'eux… Pourquoi ?

◎ **DES CALENDRIERS MAIS PAS DE ROUES… POURQUOI ?**
Ils avaient mis au point un calendrier parfait, mais ne connaissaient ni la roue ni la charrue, ne savaient pas travailler les métaux, ne naviguaient pas au large des côtes… Pourquoi ?

Si ces mystères n'ont pu être résolus, c'est peut-être aussi parce que seuls dix pour cent des monuments ont été retrouvés : tout le reste est encore caché dans la forêt tropicale ! Les Mayas restent mystérieux, mais cela ne fait que les rendre plus intéressants encore…

POURQUOI ? POURQUOI ? POURQUOI ?

Je serrai la patte de Ratopos en signe d'amitié.
– Nous devons **PARTIR** tout de suite, mais nous reviendrons un jour. Notre amitié est précieuse !
La terre continuait de trembler, tandis que la pluie délavait la teinture bleue sur mon **PELAGE**.

LE MYSTÉRIEUX PUITS DES SACRIFICES !

La nuit était tombée.

En sortant de Chichén Itzá, nous passâmes en courant près d'un puits très profond : le PUITS DES SACRIFICES !

Je me penchai au bord un bref instant. La lune brillait, argentée, au fond du puits. C'est là-dedans que l'on jetait les victimes des sacrifices à CHAC-MOOL !

Je frissonnai.

QUELLE HORREUR !

> **DES PUITS TRÈS PROFONDS**
> Les villes étaient établies près de puits naturels d'eau douce, les *tzonot*, que les Espagnols appelèrent les *cenotes*. Ils pouvaient atteindre une profondeur de plusieurs dizaines de mètres. C'est dans ce puits que l'on jetait les victimes offertes à CHAC-MOOL, dieu de la pluie. Les Mayas sacrifiaient des victimes humaines à leurs dieux.

Traquenard hurla :

– Dépêche-toi, cousin, il n'y a pas de temps à perdre, si tu tiens à ton pelage !

Nous nous éloignâmes de Chichén Itzá et pénétrâmes dans l'épaisse FORÊT tropicale.

La terre tremblait de plus en plus fort sous nos pattes !

Enfin, nous atteignîmes l'endroit où nous avions dissimulé Solarya : heureusement, le tremblement de terre ne l'avait pas endommagé. Nous entrâmes dans la sphère, attachâmes nos ceintures de sécurité et la capsule commença à tourner tourner tourner...

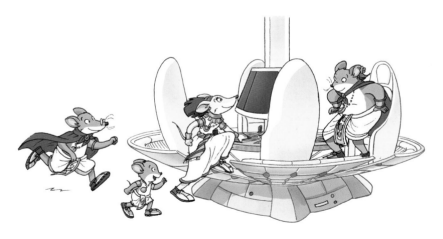

VOYAGE DANS LE TEMPS
VOYAGE DANS LE TEMPS
VOYAGE DANS LE TEMPS
VOYAGE DANS LE TEMPS
VOYAGE DANS LE TEMPS

À mon poignet, l'**HYPER · Z** m'informa :

– DESTINATION EN VUE !

La sphère s'immobilisa et l'Hyper-Z annonça :

– DESTINATION ATTEINTE ! NOUS NOUS TROU-
VONS À VERSAILLES, DANS LE CHÂTEAU DU
ROI-SOLEIL, LE 4 SEPTEMBRE 1683 APRÈS
JÉSUS-CHRIST !

Au temps
du
Roi-Soleil

Vie du Roi-Soleil

⚜ L'ENFANCE DE LOUIS XIV

Fils de Louis XIII et d'Anne d'Autriche, il est né le 5 septembre 1638. Il devint roi à 5 ans, mais ne commença vraiment à gouverner qu'à 23 ans ! Il fut élevé par une nourrice prénommée Perrette, qui, toute sa vie, le réveilla le matin d'un baiser.

Tout petit, il jouait avec des tambours et des soldats de plomb. Il possédait aussi un minuscule canon en or traîné par une puce !

Il jouait avec son petit frère, Philippe, avec lequel il se disputait souvent.

⚜ Pendant son enfance, il fut témoin de graves luttes politiques.

SA PERSONNALITÉ

Il n'était pas très intelligent mais savait écouter les experts avant de prendre une décision. Très prudent, il répondait à tous ceux qui lui

présentaient des requêtes :
« Je verrai ! »
C'était un grand travailleur
qui aimait ses petites
habitudes : ses journées se
déroulaient toujours de la
même façon.
Il était très beau et très
séduisant. Il épousa Marie-
Thérèse d'Autriche, infante
d'Espagne, mais il aimait
aussi beaucoup d'autres
dames. Ses passe-temps
favoris étaient la danse et la chasse au faucon.

POLITIQUE ET ÉCONOMIE

Durant la jeunesse du roi, l'État était dirigé par la reine
et le cardinal Mazarin. Après la mort de celui-ci, le roi
commença à gouverner comme un monarque absolu.
Il disait volontiers : « *L'État, c'est moi.* »
Il se définissait comme le « Roi-Soleil » parce que, de même
que *toutes les planètes tournent autour du soleil, tout l'État
devait tourner autour de lui.*

Il fit plusieurs fois la guerre à ses voisins, mais
s'en repentit dans sa vieillesse, car ces
guerres n'avaient pas donné les résultats
escomptés. Après sa mort, en 1715,
commença la décadence de la France : ses
dépenses exagérées avaient vidé les caisses de l'État.

À VERSAILLES...
EN 1683 !

Lorsque nous sortîmes de SOLARYA , nous avions la tête qui tournait comme une toupie.

Nous nous trouvions à $\textit{VERSAILLES}$, en 1683 ! C'était l'aube du 4 septembre.

Nous revêtîmes nos costumes de l'époque : perruques, bas, chemises de dentelle... Puis nous cachâmes la capsule derrière un buisson de ROSES.

Mais bientôt nous commençâmes à nous gratter. Oh, nous n'arrêtions pas de nous gratter ! Dans notre perruque et dans nos vêtements sautillaient joyeusement des milliers de petites bestioles.

C'étaient… **DES PUCES** !
Traquenard s'écria :
– Pourquoi le professeur
nous a-t-il donné des
habits infestés de puces ?
Où les a-t-il achetés ? Au
marché aux puces ?
L'**HYPER·Z** m'envoya
un nouveau message. Je
le lus à haute voix.
– Incroyable ! En France,
au XVIIe siècle, les gens

L'HYGIÈNE AU XVIIe SIÈCLE

À cette époque, les perruques et les vêtements étaient infestés de puces ! Au lieu de se laver avec de l'eau, on cachait les odeurs… sous de précieux parfums ! Personne ne se lavait les dents, ce qui provoquait des caries et donnait une haleine épouvantable ! Il n'y avait pas de cabinets et on faisait ses besoins dans des pots de chambre.

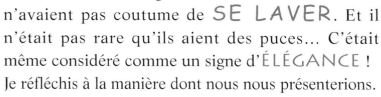

n'avaient pas coutume de SE LAVER. Et il
n'était pas rare qu'ils aient des puces… C'était
même considéré comme un signe d'ÉLÉGANCE !
Je réfléchis à la manière dont nous nous présenterions.
– Nous dirons que nous sommes la famille
Stiltoneaux, en visite à *VERSAILLES* !

Geronimo

Élégant habit, évidemment vert, avec un pourpoint à boutons en or massif ! Le gilet est orné de précieuses broderies.

Traquenard

Un pourpoint très raffiné d'un bleu vif, avec des galons d'or, des bas de soie assortis et une longue perruque à boucles blondes… abritant toute une colonie de puces !

Benjamin

Vêtement rouge à boutonnières, appelées brandebourgs, soulier avec un petit nœud. Les enfants s'habillaient comme des adultes miniatures : il était difficile de jouer librement !

Téa

Robe de brocard rouge à corsage décolleté et serrée à la taille. Manches au coude en précieuse dentelle. Coiffure raffinée et mignonne petite mouche de taffetas sur la joue.

Traquenard hurla :
– S'il vous plaît, essayez de paraître *normaux* !
Surtout toi, Geronimo, parce que depuis que tu es tout petit, tu as toujours l'air un peu… *bizarre* !
Puis il me donna une pichenette sur la queue.
Je fis comme si de rien n'était, mais cela commençait à me taper sur le système.
Nous franchîmes une grille dorée…

Nous traversâmes une cour de pavés gris.

Nous arrivâmes au château : il était vraiment imposant !

Un garde demanda :

– Qui êtes-vous ?

Je répondis :

– Je suis *Jérôme Stiltoneaux* et voici ma famille. Nous sommes ici pour présenter nos hommages au roi !

Le palais royal donnait sur un immense *jardin*.

La brise nous apportait les éclaboussures des jets d'eau des bassins...

Quelle merveille !

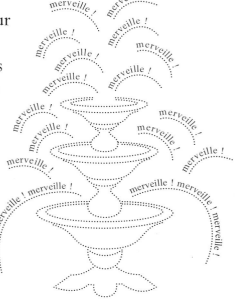

Et voilà Versailles !

VERSAILLES

C'est en 1677 que Louis XIV s'installa à Versailles (à 16 km de Paris), dans le magnifique château qu'avaient bâti les architectes Le Vau, Le Brun, Hardouin-Mansart et Le Nôtre.

CURIOSITÉ

– En réalité, Louis XIV installa la cour à Versailles pour avoir tous les courtisans près de lui, les surveiller et empêcher les complots !
– Chaque jour, à la cour, on comptait entre 3 000 et 10 000 personnes.
– Le roi et la reine n'avaient pas de vie privée : le moindre de leurs gestes était observé par les courtisans !
– Les cheminées tiraient mal, en été il faisait chaud et l'eau croupie des bassins sentait la pourriture !
– Il fallut 50 ans, à plus de 20 000 ouvriers, pour construire le château ! Le château et son jardin comptent 800 hectares, 20 km de routes, 35 km de canaux, 200 000 arbres, 400 000 fleurs, 11 hectares de toitures, 67 escaliers, 2 513 fenêtres !

PLAN DU CHÂTEAU DE VERSAILLES

1. Grille d'honneur
2. Palais royal
3. Parterre d'eau
4. Bassin de Latone
5. Allée royale
6. Bassin d'Apollon
7. Grand canal
8. Grand et Petit Trianon
9. Jardin du roi
10. La Colonnade
11. Bosquet de la Girandole
12. Bosquet de la Reine
13. Orangerie
14. Parterre du Midi
15. Bosquet des Dômes
16. Bosquet de l'Obélisque
17. Bosquet du Dauphin
18. Bosquet de l'Étoile
19. Bosquet du Rond Vert
20. Parterre du Nord
21. Bassin de la Pyramide
22. Allée d'eau
23. Bosquet des Trois Fontaines
24. Bassin du Dragon
25. Bassin de Neptune

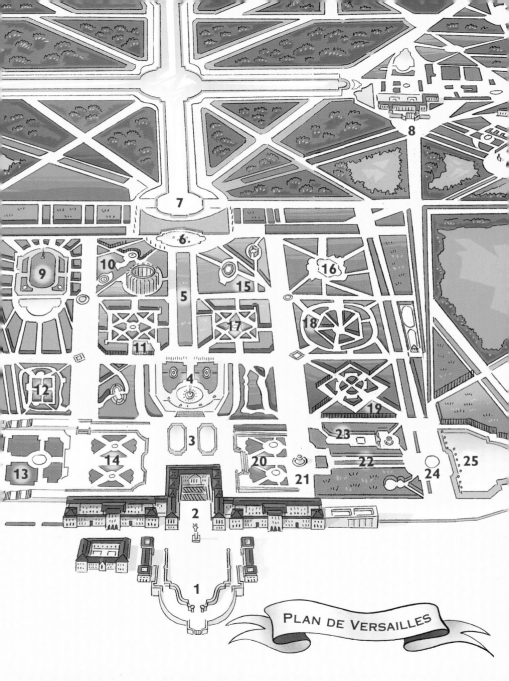

PLAN DE VERSAILLES

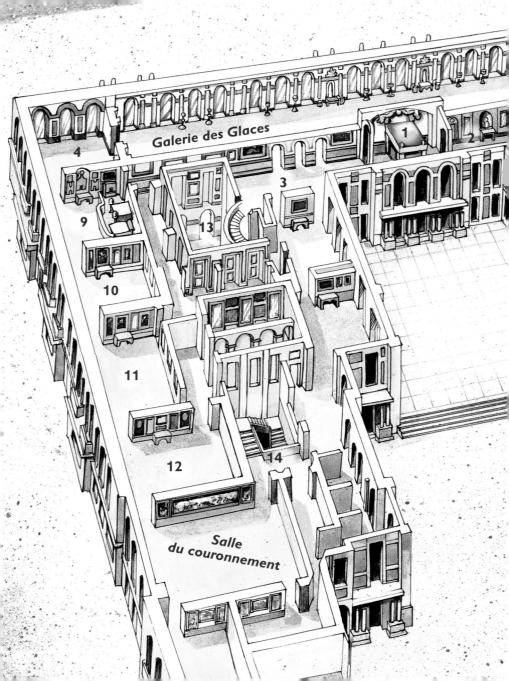

Galerie des Glaces

1

2

4

9

3

13

10

11

12

14

Salle
du couronnement

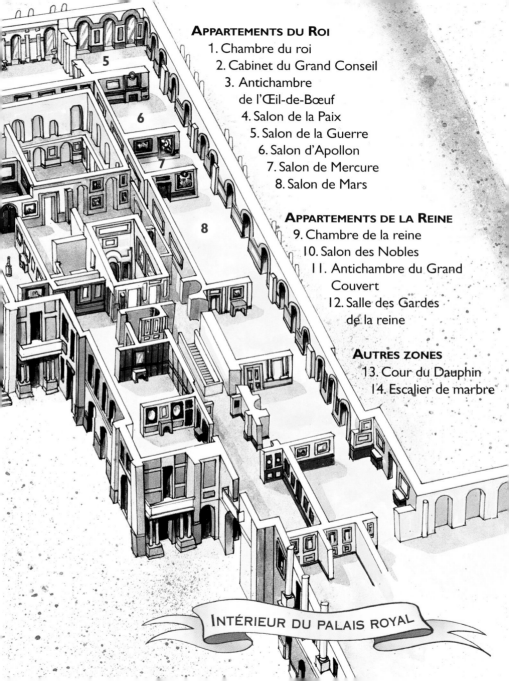

APPARTEMENTS DU ROI
1. Chambre du roi
2. Cabinet du Grand Conseil
3. Antichambre
   de l'Œil-de-Bœuf
4. Salon de la Paix
5. Salon de la Guerre
6. Salon d'Apollon
7. Salon de Mercure
8. Salon de Mars

APPARTEMENTS DE LA REINE
9. Chambre de la reine
10. Salon des Nobles
11. Antichambre du Grand
    Couvert
12. Salle des Gardes
    de la reine

AUTRES ZONES
13. Cour du Dauphin
14. Escalier de marbre

INTÉRIEUR DU PALAIS ROYAL

Un pot de chambre...
pour le Roi-Soleil !

Nous nous joignîmes à la foule des courtisans qui se pressaient dans la cour. Tous attendaient que le roi se RÉVEILLE pour lui présenter leurs hommages !

Il était huit heures quand, enfin, un page annonça d'un air solennel :

– Le roi a ouvert les YEUX !

La foule s'écria en chœur :

– Vive le roi !

Tout le monde gravit l'escalier de marbre qui conduisait au premier étage, où se trouvaient les appartements du roi !

La journée du Roi-Soleil

8 h : le roi se lève.

9 h à 12 h : il donne audience à ses sujets, il écoute ses conseillers.

13 h : il déjeune.

14 h : il se repose, joue avec ses chiens.

15 h à 18 h : il travaille avec ses ministres.

20 h : il dîne avec la reine et ses enfants.

22 h : le roi va dormir. Mais, s'il y a une fête... il ne se couche pas avant l'aube !

Nous traversâmes des salles richement décorées, puis entrâmes dans la chambre du roi !

Dans un lit à baldaquin aux rideaux brodés était assis un rongeur majestueux, portant une énorme perruque bouclée. Ses yeux bruns brillaient MALICIEUSEMENT, et son visage était grêlé par les marques de la variole, qu'il avait eue à neuf ans.

Il portait une précieuse chemise de nuit en lin ornée de dentelles et de BRODERIES.

Un serviteur prit un pot de chambre d'or richement orné et me le tendit :

– Allez le vider dans la cour !

Je protestai :

– Mais pourquoi moi ?

L'autre répliqua :

– C'est un HONNEUR de servir le roi !

Les courtisans commencèrent à crier :

– Moi ! Moi ! Je veux vider le pot de chambre du roi !

LE LEVER DU ROI

Le roi était réveillé à huit heures par le Premier valet de chambre, qui dormait au pied de son lit. La vieille nourrice Perrette lui donnait un baiser. Les pages ouvraient les portes, tandis que le grand chambellan faisait préparer le petit déjeuner. Un valet ne laissait entrer que ceux qui avaient accès à la chambre.

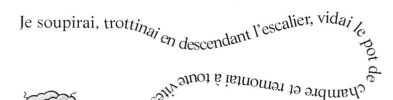

Je soupirai, trottinai en descendant l'escalier, vidai le pot de chambre et remontai à toute vitesse.

Un page mit au roi une CHEMISE brodée, un autre lui passa ses CHAUSSURES, un autre lui tendit son ÉPÉE. Le roi prit son petit déjeuner assis sur son lit, adossé à de moelleux oreillers de dentelle. Puis il prit place sur son trône.

Tous les courtisans s'inclinèrent devant le roi et lui présentèrent *des requêtes*, des placets, *DES SUPPLIQUES*.

Nombreux étaient ceux qui lui souhaitaient en avance son *anniversaire*, qui tombait le lendemain, le *5 septembre*.

Le roi, prudent, répondait à tous :

– Je verrai…

Quand ce fut notre tour, nous fîmes une révérence.

Le roi bâilla :

– Je m'ennuie je m'ennuie je m'ennuie ! Il ne se passe jamais rien à Versailles !

C'est alors que Traquenard s'écria :

– Majesté, j'ai une idée ! Donnez une fête pour votre anniversaire !

Le roi s'exclama :

– Quelle bonne IDÉE ! Bravo, jeune rongeur !

Tous les courtisans chuchotèrent…

– Psss… quelle bonne idée… quelle bonne idée… quelle bonne idée…

UNE FÊTE DIGNE DU ROI-SOLEIL, SINON... TCHAC !

Le roi marmonna :
– Oui, mais qui va l'organiser ?
Traquenard me désigna :
– Mon cousin Jérôme peut l'organiser ! *Lui*, c'est un spécialiste des fêtes !
Je BLÊMIS, murmurant :
– Euh, moi...

Nos hommages, Majesté !

Le roi tonna :

– *Toi*, tu vas m'organiser une belle fête pour demain matin ! Je veux qu'elle dure un jour et une nuit, et que ce soit une fête digne d'un roi, sinon... *tchac !*

Tous les courtisans chuchotèrent :

– Psss... sinon... sinon... sinon... tchac !

Le Roi... vous fera... couper... la tête... tchac !

Un bourreau bâti comme une armoire à glace se mit à aiguiser la lame de sa hache, en criant :

– Quoi ? Qui dois-je décapiter ? Je suis prêt, je suis fin prêt !

Le grand chambellan **Truffaldon de la Truffaldière** ricana malicieusement :

– Personne... pour le moment !

Pauvre de moi ! À cause de Traquenard, nous étions dans de beaux draps !

Quand le roi sortit, je demandai aux courtisans :

– Euh, quelqu'un peut-il nous aider à organiser la FÊTE ?

Tous gardèrent le silence.

Traquenard s'adressa à un courtisan :

– Monsieur, pourriez-vous nous aider à organiser la FÊTE ?

Il se sauva en s'excusant :

– Oooooh, excusez-moi, je dois voir mon perruquier !

Traquenard s'adressa alors à une dame blonde :

– Madame, pourriez-vous...

Elle s'esquiva :

– Oooooh, ma couturière m'attend !

Une rongeuse à l'air cancanier, vêtue d'une robe de dentelle, siffla :

– Oooooh, personne ne vous aidera ! Ils sont tous *jaloux* de vous, parce que le roi s'est intéressé à vous ! Et ils espèrent tous que votre fête sera un authentique échec !

Nous étions stupéfaits :

– Vraiment ???

Elle se sauva en prétextant un rendez-vous :

– **NAÏFS**, on voit bien que vous n'êtes pas habitués à la vie de cour ! Mais moi non plus, je ne peux pas vous aider. Euh, je dois aller chez la... pédicure !

Moi aussi... Moi aussi... Moi aussi... sinon... sinon... tchac !

Je rabrouai mon cousin :

– Mais pourquoi as-tu dit que j'allais organiser cette fête ?

Traquenard soupira :

– Allez, on a besoin de quoi pour organiser la fête d'**ANNIVERSAIRE** du roi ? Deux petites lanternes... quatre ballons de baudruche... un gâteau avec des bougies...

Je criai :

– Mais combien d'invités y aura-t-il ?

– Oh, à mon avis, quelques **milliers** : mille, deux mille, trois mille... ouais !

Je hurlai, désespéré :

Heiiiiiiiin ?

Puis je sanglotai :

– Je n'arriverai jamais à organiser une fête pour plus de mille invités, le Roi-Soleil va me faire couper la tête ! *Tchac !*

Téa me réconforta :

– Allez, frérot, je m'occuperai de la DÉCORATION.

Benjamin m'offrit aussi ses services :

– Je serai ton assistant !

Traquenard soupira :

– Pff, je m'occupe de la NOURRITURE. D'ailleurs, je vais faire la liste de tout ce qu'il me faut !

C'est alors que nous entendîmes un **CRI** qui provenait des appartements de la reine :

– Au voleur ! Quelqu'un a volé le *médaillon royal* !

Il me faut donc ça... et ça... et ça aussi...

Mais ta liste est interminable !

QUI A VOLÉ LE MÉDAILLON ROYAL ?

Nous nous précipitâmes dans les appartements de la reine, qui se trouvaient eux aussi au premier étage. Là, deux majordomes tenaient par les pattes une jeune souris blonde qui avait l'air *terrorisée*. Ils étaient commandés par un rongeur au pelage roux, portant une perruque noire et frisée.

Il arborait un riche pourpoint vert *émeraude* avec des poignets de précieuse dentelle et des boutons de *RUBIS*. Ses longs souliers boueux étaient ornés de *petits nœuds* de soie verte. Il avait la cheville droite bandée. C'était encore lui, le méchant grand chambellan *Truffaldon de la Truffaldière* !

Il criait, fou de rage :

– C'est *vous* qui avez volé le *médaillon royal* !

Une rongeuse blonde et gras-souillette, au museau *aimable*, entra à ce moment-là. Elle portait une élégante robe de soie *bleue* : c'était la reine *Marie-Thérèse* !

Tandis que les dames et les chevaliers chuchotaient, la reine observa la jeune souris d'un air attristé.

– Corinne ! Est-ce vraiment toi qui as volé le coffret contenant le *médaillon royal* ?

Le médaillon que m'a offert le roi ? C'était un souvenir de notre mariage et j'y tenais beaucoup.

La jeune souris se jeta à ses pieds en sanglotant :

– Majesté, je suis INNOCENTE !

Truffaldon ricana :

– Elle dit qu'elle est innocente... Pourtant, le médaillon a bel et bien disparu. Qu'on appelle les MOUSQUETAIRES, et qu'ils la jettent en prison pour le reste de sa vie !

La reine secoua la tête :

– Corinne, je te considérais comme ma fille. Est-ce ainsi que tu me rends mon *affection* ?

Puis elle s'éloigna, peinée.

Je me présentai :

– Mon nom est *Stiltoneaux*. Avant qu'elle ne soit condamnée, la demoiselle a droit à un procès !

Truffaldon éclata d'un rire MAUVAIS :

– Mais de quel droit parlez-vous ? De quel procès ? Qu'on la condamne et qu'on n'en parle plus !

J'insistai :

– Avez-vous la preuve qu'elle soit coupable ?

Il soupira :

– Pour commencer, Corinne est la femme de chambre de la reine : elle a donc une multitude d'occasions d'entrer dans la chambre de la reine. Ensuite, elle n'a pas un SOU vaillant. Sans doute espérait-elle s'enrichir en vendant le *médaillon* ! Au lieu de cela, elle passera le reste de ses jours en prison ! Ha, ha, haaa !

Corinne se jeta à mes pieds.

– *Monsieur*, aidez-moi ! Jamais je n'aurais fait de tort à la reine, elle a toujours été si bonne avec moi !

Je le jure sur mon honneur ! Je suis pauvre, c'est vrai, mais HONNÊTE !

Je la regardai dans les yeux.

Je sus qu'elle disait la *vérité* !

Téa murmura, navrée :

– Geronimo, nous n'avons pas le temps de l'aider, nous devons nous dépêcher d'organiser la fête pour le roi, sinon…

Traquenard fit le signe de me trancher la gorge :

– Sinon… **TCHAC** !

Benjamin, lui, me tira par la veste :

– Tonton, il faut que nous l'aidions !

Je réfléchis réfléchis réfléchis réfléchis réfléchis réfléchis réfléchis réfléchis réfléchis réfléchis réfléchis réfléchis réfléchis réfléchis réfléchis…

Nous devions aider cette jeune souris innocente !

Je conclus en disant :

– Corinne, je vais te sauver !

UNE MYSTÉRIEUSE AFFAIRE À ÉCLAIRCIR

Un chevalier entra : il avait fière allure, avec ses moustaches frisées.

Il portait une tunique rouge et un chapeau à plumes. C'était D'ARTAGNAN, le chef des

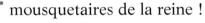

mousquetaires de la reine !

Il allait emmener Corinne, mais je demandai :

– Accordez-moi une heure, et j'apporterai la preuve qu'elle est INNOCENTE !

Truffaldon cria, furieux :

– Chevalier, ne l'écoutez pas !

D'Artagnan me dévisagea.

– Pourquoi prenez-vous la défense de cette jeune souris ?

Je répondis :
– Par amour de la justice !
D'Artagnan se lissa les moustaches.
– D'accord, Stiltoneaux ! *Parole de mousquetaire,*
je vous accorde une heure pour prouver l'innocence
de cette jeune souris. Mais attention : une heure,
pas une seconde de plus !
Il était déjà six heures du SOIR...
Nous devions éclaircir au plus vite cette affaire
mystérieuse ! J'allais aussitôt inspecter les
appartements royaux.

LES MOUSQUETAIRES
Soldats armés d'un lourd fusil appelé mousquet, fidèles au roi et à la reine.

1. *J'examinai la chambre de la reine.*
Je remarquai que, dans un vase rempli de roses, était accroché un petit nœud de soie verte... *Conclusion* : quelqu'un avait perdu un petit nœud de soie verte !

? ? ? ? ? ? ? ? ? ? ? ? ? ? ? ? ? ? ? ?

Hum, je me souvenais d'avoir vu quelque part un petit nœud vert... mais quand ?

② *J'ouvris la fenêtre.*

Je remarquai que, près de la fenêtre, étaient accrochés une touffe de **poils roux** et un **cheveu blond** et ondulé... *Conclusion* : quelqu'un était entré par la fenêtre !

? ? ? ? ? ? ? ? ? ? ? ? ? ? ? ? ? ? ?

Hum, je me souvenais d'avoir vu quelqu'un avec un pelage roux et des cheveux blonds... mais où ?

DEUXIÈME INDICE !

Hum, une touffe de poils roux !
Et un cheveu noir et frisé !

③ *Je me penchai à la fenêtre.*
Je remarquai qu'il avait plu : la terre était humide.
En bas, dans le jardin, je vis des EMPREINTES
suspectes... *Conclusion* : quelqu'un avait escaladé le
mur jusqu'à la fenêtre de la reine !

❓ ❓ ❓ ❓ ❓ ❓ ❓ ❓ ❓ ❓ ❓ ❓ ❓ ❓ ❓ ❓ ❓ ❓

Hum, je me souvenais d'avoir vu quelqu'un avec des
souliers boueux... mais pourquoi ?

·TROISIÈME INDICE !◄·

Hum, une empreinte dans le jardin !

4 *Je descendis dans le jardin et examinai les empreintes.* Le voleur portait des souliers avec un talon carré ! Et il avait de grands pieds ! Et les empreintes qui repartaient étaient plus profondes, surtout à droite. *Conclusion* : le voleur boitait du pied droit et était reparti avec le coffret contenant le médaillon.

❓ ❓ ❓ ❓ ❓ ❓ ❓ ❓ ❓ ❓ ❓ ❓ ❓ ❓ ❓ ❓ ❓

Hum, je me souvenais d'avoir vu quelqu'un avec des talons carrés, de grands pieds et qui boitait... mais qui ?

QUATRIÈME INDICE !

Hum, quelles empreintes bizarres !

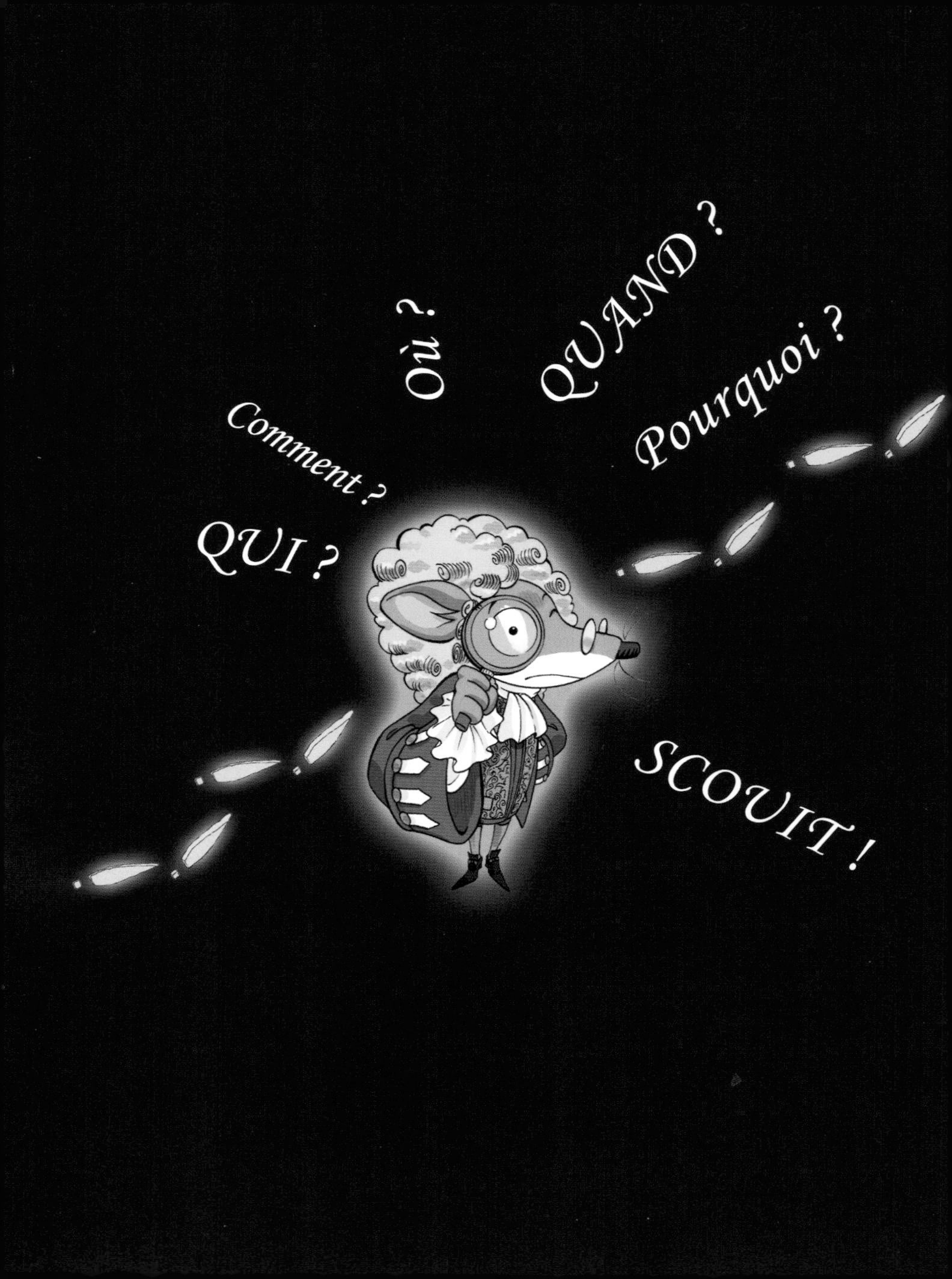
Où ?
QUAND ?
Comment ?
Pourquoi ?
QUI ?
SCOUIT !

Hum... bizarre !

J'appelai mes amis :

– Suivons ces empreintes !

Nous sortîmes du château... tournâmes à droite... traversâmes le parterre du Nord... passâmes devant le bassin de la PYRAMIDE... puis arrivâmes à l'ALLÉE D'EAU...

Les empreintes s'arrêtèrent devant le BASSIN DU DRAGON ! ⭐

Au centre, il y avait un dragon, entouré de plein d'amours avec des arcs et des flèches, montés sur des cygnes et des dauphins.

Hum, **bizarre** : aucun jet d'eau ne sortait de la gueule du dragon... Pourquoi ? Quel mystère !

Vite...

suivons...

les...

empreintes !

Nous tournâmes à droite... traversâmes le parterre du Nord... passâmes devant le bassin de la Pyramide...

PALAIS

BASSIN DU DRAGON

puis arrivâmes à l'allée d'Eau... Les empreintes s'arrêtèrent devant le bassin du Dragon !

C'est alors que j'eus une idée. Je plongeai dans le bassin et escaladai la statue dorée du dragon.

Gueule du dragon

Je regardai à l'intérieur de la gueule… et je vis le coffret !

Je poussai un cri :

– Hourra !

Je pris le coffret et, aussitôt, l'eau jaillit de la gueule du dragon.

J'ouvris le coffret devant mes amis : il contenait le *médaillon royal* !

DONG DONG DONG DONG DONG DONG DONG DONG !

Au même moment, l'horloge du château sonnait sept heures.

Nous avions retrouvé le précieux *médaillon royal...*

Et j'avais même compris qui était le **coupable** !

J'annonçai à la cour :

– Une heure s'est écoulée, et nous avons résolu le mystère !

La très longue et splendide *galerie des Glaces* se remplit de courtisans.

D'Artagnan arriva... puis la reine... et enfin le roi.

Je commençai mon discours :

– Belles dames, valeureux chevaliers, nous sommes ici réunis pour résoudre une affaire **MYSTÉRIEUSE** !

Puis j'expliquai à tous les conclusions auxquelles j'étais parvenu...

★ LE MYSTÈRE DU ★ MÉDAILLON ROYAL

(1) Dans la chambre de la reine, j'avais remarqué un petit nœud de soie verte...

★ Truffaldon de la Truffaldière portait des souliers à petits nœuds verts !

(2) Près de la fenêtre, j'avais remarqué une touffe de poils roux... et un cheveu noir et frisé...

★ Truffaldon de la Truffaldière avait le pelage roux et portait une perruque blonde et ondulée !

★ ★ ★ ★ ★

③ Dans le jardin, j'avais remarqué des empreintes dans la terre humide...

★ Truffaldon portait des souliers boueux !

④ Les empreintes avaient un talon carré... étaient très longues... appartenaient à quelqu'un qui boitait... et qui était reparti en portant le coffret contenant le médaillon.

★ Truffaldon de la Truffaldière portait des souliers à talons carrés, très longs, boitait du pied droit : c'était donc lui qui était reparti avec le coffret !

CONCLUSION : le coupable était Truffaldon de la Truffaldière !

??? QUI EST LE COUPABLE ?

Tandis que je finissais mon explication, je m'aperçus que 𝕿ruffaldon de la 𝕿ruffaldière se faufilait discrètement vers la sortie.

Téa le rattrapa par la queue.

– Et non, gros malin, maintenant c'est toi qui vas aller en prison !

Il cria à tue-tête :

– Ce n'est pas moi ! Ce n'est pas moi qui ai caché le coffret dans la gueule du DRAGON ! ★

Je souris sous mes moustaches.

– Intéressant ! *Je* n'ai pas encore dit où j'avais retrouvé le coffret... Comment pouvais-*tu* savoir *où* il était caché, Truffaldon, si ce n'est pas toi qui l'as volé? Voici une preuve de plus de ta culpabilité !

Il devint cramoisi :

– *Raperlipopette,* je me suis trahi !

Puis il cria :

– Savez-vous pourquoi j'ai volé le *médaillon royal* ? Pour que Corinne ait des ennuis ! Je voulais l'épouser, mais elle a préféré choisir un **paysan** de son village. C'est alors que j'ai décidé de me venger, et j'aurais réussi si tu n'étais pas arrivé, *Stiltoneaux*, rongeur de mes bottes !

D'Artagnan ordonna :

– Mousquetaires, emmenez-le !

Je fis une révérence à la reine :
– Et maintenant, Majesté, je vous rends votre médaillon !

La reine ouvrit le coffret et en sortit le médaillon royal…

Elle le brandit devant elle.

Un rayon de lumière le fit BRILLER comme un petit soleil !

La reine l'ouvrit et baisa la miniature du roi. Puis elle l'accrocha à son cou.

– Merci, *Stiltoneaux*, je suis heureuse de découvrir que Corinne est innocente ! Pour vous récompenser, je vous nomme tous Mousquetaires.

– Psss... le coffret... le coffret... le coffret...

Les mousquetaires s'écrièrent en chœur :
– *Un pour tous... tous pour un !*
Puis ils nous portèrent en TRIOMPHE.
Corinne m'embrassa, émue :
– Monsieur Stiltoneaux, vous m'avez sauvée !
Mais... comment allez-vous pouvoir organiser la fête du ROI ?
Le soleil s'était couché : il était tard.
Je soupirai.
– Nous n'avons plus le temps d'organiser la FÊTE de demain matin pour le roi, mais cela ne fait rien.
Traquenard soupira, lugubre :
– Oh oui, cela ne fait rien : au pire, on nous coupera la tête. *Tchac !*

_ Psss... le coffret... le coffret... le coffret...

Corinne était *désespérée* :

– Je ne veux pas qu'il vous arrive quoi que ce soit par ma faute.

Elle **PARTIT EN COURANT**.

– Attendez-moi ! Je reviendrai vite !

Où allait-elle ? Ah ça…

Les heures passèrent. Traquenard, mélancolique, relisait l'interminaaaaaaaaaable liste de ce qu'il fallait pour la fête.

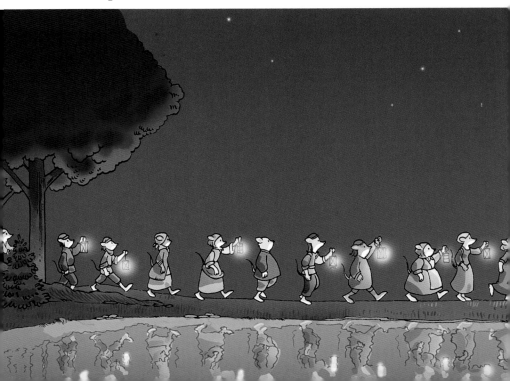

– Il faudrait que nous trouvions : *du fromage*, des fruits, ***des légumes***, *du poisson*... Sans de bons ingrédients, même un grand cuisinier tel que moi ne peut rien faire !

Mais soudain je vis une foule d'OMBRES qui avançaient silencieusement dans la nuit...

Je pris peur et criai :

– Qui va là ?

L'AMITIÉ,
ÇA SIGNIFIE…

J'entendis une voix dans l'obscurité :
– Ne vous inquiétez pas, monsieur Stiltoneaux.
C'est *nous* !
Je demandai :
– *Nous...* qui ?
– C'est *nous*, les amis de Corinne : les paysans et
les paysannes du village voisin !

Un jeune à l'air sympathique, Pierre, me serra la patte :

– Je vous remercie d'avoir sauvé ma fiancée !

Je souris :

– Il n'est pas besoin de se remercier entre amis !

Corinne et Pierre

– Vous avez sauvé Corinne… Nous allons vous aider à organiser la fête de demain matin pour le roi !

Ma famille cria :

– Hourra ! On va y arriver !

AMITIÉ

C'est bien de s'aider entre amis !
Un véritable ami comprend
quand tu es triste ou quand
tu es heureux. Il sait de quoi tu
as besoin et il propose de t'aider
avant même que tu le
demandes ! Entre amis, on se
comprend sans mots, parce que
les cœurs des amis sont toujours
proches !

Je pris la liste que nous avions préparée.

Voici comment nous organisâmes notre travail :

– Nous allons travailler toute la nuit en trois équipes. La première (sous la direction de Téa) construira les tentes pour la fête. La deuxième (que je dirigerai) transportera les tables, les chaises et mettra le couvert (Benjamin sera mon assistant). La troisième (sous la direction de Traquenard) cuisinera !

Traquenard soupira :

– Oui, mais *que* cuisinerons-nous ?

Corinne sourit :

– Voilà ! Nous vous avons apporté des charrettes pleines de **VIANDE**, *poisson*, **légumes**, fruits, LAIT, *beurre*, *fromage*, farine, ŒUFS : bref, tout ce qu'il faut pour cuisiner un banquet digne d'un roi !

Nous nous mîmes au travail. Pendant ce temps,

Corinne me racontait comment se passait la vie au village.

En l'écoutant, je pensais qu'il y avait vraiment une grande différence entre la manière de vivre des seigneurs et celle des paysans, au temps du Roi-Soleil.

Et ce n'était pas juste !

Ce qu'il faut pour la fête ?

Viande **Poisson** **Légumes**

Fruits **Lait** **Farine**

Fromage **Céréales** **Œufs**

Comment vivaient les nobles

Les nobles vivaient dans le luxe et le faste. Une grande partie de leur richesse était dépensée pour des vêtements à la dernière mode, des perruques, des bijoux.
Leurs journées se passaient à des fêtes, des bals, des jeux de société, des conversations et des ragots. Ils ne travaillaient pas et vivaient de leurs rentes.

Un groupe de nobles joue aux cartes.

Comment vivaient les paysans

Les paysans cultivaient les champs qui appartenaient aux nobles. Ils travaillaient dur, du matin au soir, sans jamais prendre de vacances !
Les plus petits eux-mêmes devaient travailler et ne pouvaient pas aller à l'école. Ils manquaient de nourriture : ils mangeaient surtout des céréales, des pommes de terre, des légumes et des choux, rarement de la viande. Par manque d'hygiène, ils tombaient souvent malades : il y avait aussi des épidémies, comme la peste.

Bien, mais les impôts...
Comment va la récolte ?
... ont encore augmenté !

Un groupe de paysans va au marché.

VA ET REVIENS !
ET VA ET REVIENS !

Tandis que Traquenard faisait la cuisine, j'entendis un cri.

– *Aaaaaaaaaaaaaaaaagh !*

Je me précipitai, très inquiet.

– Qu'y a-t-il, cousin ?

Il sanglotait, d'un air dramatique :

– Il vient d'arriver une TRAGÉDIE !

Je pâlis.

  – Scouit ? Que s'est-il passé ? Je peux t'aider ?

sel

  Il me montra le château, qui brillait dans le lointain :

  – J'ai oublié le sel ! Que va dire le roi ?

Quelqu'un (c'est-à-dire toi) doit aussitôt aller en chercher !

Je soupirai :

– D'accord, je vais chercher du sel.

Je me mis en route.

Comme il était loooooooooooooooooooooooooooooong
le chemin jusqu'au château !

Enfin, j'arrivai aux cuisines, pris le sel et
revins sur mes pas.

À mon retour, Traquenard cria :

– Il vient d'arriver une SECONDE TRAGÉDIE !
J'ai aussi oublié le poivre ! Que va dire le roi ??

poivre *Quelqu'un* (c'est-à-dire toi) doit aussitôt aller en
chercher !

J'essayai d'expliquer :

– Euh, est-ce vraiment indispensable ?

– Oui !

Je me remis en chemin sur l'interminable allée reliant
le château au jardin où devait se dérouler la fête.

J'arrivai aux cuisines, pris le poivre et revins sur
mes pas.

À mon retour, Traquenard hurlait à tue-tête :

– Il vient d'arriver une TROISIÈME
TRAGÉDIE ! J'ai aussi oublié la moutarde !
Que va dire le roi ? *Quelqu'un* (c'est-à-dire

moutarde toi) doit aussitôt aller en chercher !

Cette fois, je **PROTESTAI** :

– *Non !* Ça suffit !

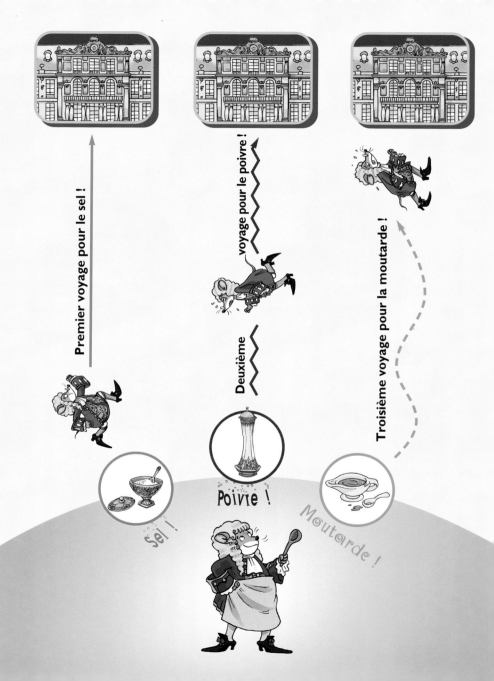

Alors, il me supplia :

– *S'il te plaît...*

Je courus chercher la moutarde.

Mais, à mon retour, j'étais vraiment épuisé.

J'avais la langue qui pendait et le souffle court.

Traquenard me remercia :

– Merci !

Je me laissai tomber à la renverse.

– Oufff... un pas de plus et j'avais une ATTAQUE !

Pauvre tonton !

Pff !

PÉTALES DE ROSE ET TROMPETTES D'ARGENT

Le lendemain matin, les musiciens entonnèrent une JOYEUSE mélodie, tandis que les invités commençaient à arriver.

Traquenard passait de table en table, tout essoufflé, pour donner ses dernières instructions :

– Téa, coupe une autre tarte. Benjamin, apporte un bouquet de roses. Geronimo, déplace les verres sur cette table. Non, pas sur celle-ci, sur l'autre ! Pff, pourquoi faut-il que je fasse tout moi-même ?

Voici la reine… et voici le roi, dans un carrosse d'or tiré par des cheveux blancs, avec des rubans rouges noués dans leur crinière !

Le roi portait un costume de soie rouge orné de rubans de dentelle et un manteau brodé de perles qui f l o t t a i t derrière lui.

Ses éperons d'or brillaient, des plumes se balançaient sur son chapeau orné d'un énorme rubis.

Sur son passage, les dames semaient des *pétales* de rose, et des trompettes d'argent résonnaient fièrement.

Le poète royal hurla :

– Voici notre roi ! Il arrive toujours à temps comme les roses du printemps, comme le soleil du matin, comme…

 Traquenard ricana :

– Toujours à temps, comme une indigestion, comme un mal de dents, comme…

Je blêmis.

– Tais-toi… ou on va nous couper la tête ! *Tchac !*

Traquenard s'inclina devant le roi et lui tendit une tartine en lui souhaitant :

– Bon appétit !

Le roi se lécha les moustaches.

– Délicieuse !

Madame de Potin-Ragot me donna un coup d'éventail sur le museau.

Saviez-vous que...

Tout le monde s'en moque !

– *Oooooooh*, connaissez-vous le dernier potin de la cour ? Le frère du concierge du pédicure de la perruquière du valet du majordome de l'oncle du perruquier royal m'a révélé que le roi a un mauvais FURONCLE sur le bout de la queue ! Mais ne le dites à personne, c'est un secret !

Traquenard soupira :

– Pff, mais tout le monde s'en moque !

DES TRAITEMENTS... BIZARRES !

Les médecins de l'époque avaient des idées bizarres. Ils croyaient que se laver à l'eau était mauvais pour la santé... Ils soignaient les malades avec des purges, des clystères (lavage des intestins) et des saignées (ils appliquaient des sangsues qui suçaient le sang du malade) !

Enfin, je parvins à me débarrasser d'elle.

C'est alors qu'arriva le médecin royal, qui commença à me proposer des traitements... bizarres !

– *Stiltoneaux*, vous êtes **pâle**, comment vous sentez-vous ?

– Très bien, merci.

– Je peux vous soigner. Voulez-vous une petite **PURGE** ?

– Non, merci.

– Alors un petit CLYSTÈRE ?

– Non non, merci.

– Une petite saignée avec des SANGSUES ?

Je déguerpis :

– Non non non, merci ! Je vais très bieeeeeeen !

Un petit clystère ?
Une petite saignée ??
Voulez-vous une petite purge ?

LES FÊTES

Elles étaient l'occasion de courses de chevaux, de déjeuners sur l'herbe, de ballets, de chœurs, de scènes mythologiques et de feux d'artifice. F. Vatel préparait des banquets spectaculaires, égayés par la musique de J.-B. Lully. La très spirituelle Madame de Sévigné animait les conversations. On représentait les comédies de Molière... et l'on se récitait les fables de La Fontaine !

La journée se déroula dans la gaieté, jusqu'au soir où arriva le moment le plus attendu, le *Grand Bal* !

Le roi, souriant, tendit la patte à Téa.

– *Ma chère, voulez-vous danser avec moi ?*

Ma chère, voulez-vous danser avec moi ?

Toutes les dames chuchotèrent :

– Oooooooooooooooh, elle a de la chance !

La fête d'ANNIVERSAIRE dura toute la nuit et s'acheva par de magnifiques feux d'artifice.

Traquenard marmonna :

– Tous ces nobles rongeurs MANGENT MANGENT MANGENT… Mais qui paie tout cela ?

Téa soupira :

– Le peuple français ! Le roi et ses ministres accablaient d'impôts ceux qui travaillaient et produisaient. Dans une centaine d'années, à l'époque de LOUIS XVI et de MARIE-ANTOINNETTE, tout cela conduira à la RÉVOLUTION FRANÇAISE !

Drapeaux tricolores nés après la Révolution française

JE SUIS LE ROI-SOLEIL !

Enfin, l'aube arriva. Nous nous allongeâmes dans l'herbe humide de rosée pour observer le ciel couleur de rose.

Versailles resplendissait dans les premiers rayons du soleil.

Traquenard ricana :

– On s'est vraiment bien AMUSÉ, tu ne trouves pas, cousin ?

Je marmonnai :

– Ah oui, on s'est amusé, presque autant que le jour où je me suis fait écraser la patte dans la portière !

Benjamin chicota :

– Je suis content qu'on ait sauvé Corinne !

Téa continua, rêveuse :

– J'ai DANSÉ avec un vrai roi... Quelle fête inoubliable !

Une voix ricana dans notre dos :
– Oui, en vérité, une fête *INOUBLIABLE* !
Nous nous retournâmes et nous le
vîmes, *lui*, en chair et en os, *lui lui
lui... lui,* le Roi-Soleil !

Il nous salua d'un ample geste de son chapeau à plume.
Puis il annonça :
– Oui, ce fut vraiment une fête *INOUBLIABLE* !
Pour l'organiser, il a fallu des cerveaux comme...
comme ceux que vous avez !

Je...

> *m'inclinai...*

> > *jusqu'à ce que...*

> > > *mes moustaches...*

> > > > *touchent...*

> > > > > *terre.*

– Majesté, c'est beaucoup d'honneur. Euh, puis-je
vous demander...
Une ombre de mélancolie passa sur le visage du
roi :

– Demande donc. Tout le monde a quelque chose à me demander. Que veux-tu ?

Je souris :

– Majesté, en fait, je voulais simplement vous demander si la fête vous a plu. Rien d'autre.

Il eut l'air surpris.

– Tu ne désires vraiment rien d'autre ? Je peux faire ton bonheur, te donner LES HONNEURS, L'ARGENT, **LE POUVOIR**. Il me suffit de claquer des doigts. Je suis le Roi-Soleil !

Je souris.

– Majesté, le *bonheur* ne se trouve pas dans ce que l'on *a*, mais dans ce que l'on *est* ! Il n'est pas dans l'argent, dans le pouvoir, dans le succès : on ne peut le trouver que dans son cœur ! Ce soleil qui se lève, cet air parfumé par l'odeur des fleurs et ma famille qui m'aime… que puis-je désirer de plus ?

Le roi était intéressé :

– Vos idées sont originales. À la cour, il n'est question que de costumes, de joyaux, de fêtes… et je m'ennuie !

Je regardai l'heure :

– Majesté, j'aimerais continuer à parler avec vous, mais nous devons partir.

Le roi était déçu :

– Mais comment cela ? Juste au moment où nous commencions à devenir *amis* ?

Je m'excusai :

– Je ne voudrais pas paraître désobligeant, mais un long voyage nous attend : nous devons rentrer chez nous.

Le Roi-Soleil insistait :

– J'ai besoin de rongeurs tels que vous à mes côtés. Je vous nommerai comte, ou marquis, ou même duc et...

Je m'inclinai :

– Majesté, je dois partir, mais je promets de revenir un jour. *Adieu !*

Son visage s'éclaira :

– Je vous attendrai donc. *Bon voyage !*

Nous courûmes jusqu'au buisson de roses derrière lequel nous avions caché SOLARYA et nous nous changeâmes en remettant nos combinaisons orange.

Maintenant...

nous étions...

prêts...

à...

rentrer...

à la...

maison !

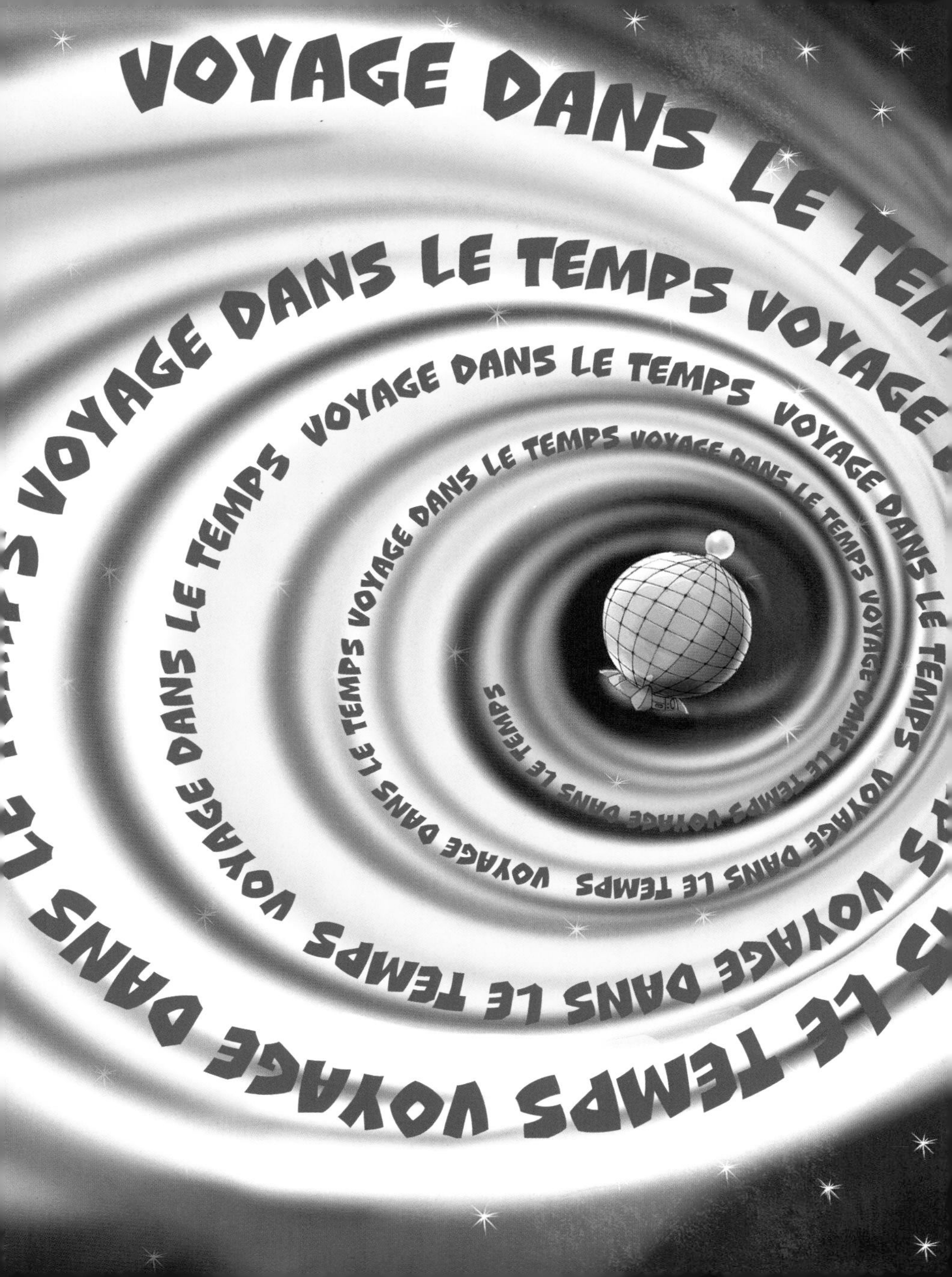
VOYAGE DANS LE TEMPS

JE T'AVAIS BIEN DIT
DE NE PAS Y TOUCHER !

J'entrai les informations pour le retour.

SOLARYA tournait, tournait, tournait…

Je me demandais pourquoi le professeur nous avait dit de ne surtout pas toucher le **bouton rouge**, quand, soudain, Traquenard s'écria :

– Euh, les gars, enfin les rats, j'ai quelque chose à vous dire !!!

– Quoi ? répondis-je.

Mon cousin hurla :

– Euh, j'ai…

– Tu as ?

– J'ai touché…

– Tu as touché ?

– J'ai touché le…

– Tu as touché le ?

– J'ai touché le b…

– Tu as touché le b…

Un doute horrible traversa mon cerveau. Je balbutiai, très inquiet :

– Tu n-n'as tout de même pas touché… le **bouton rouge** ???

Le professeur
nous avait dit :
ne touchez jamais

le bouton
rouge !

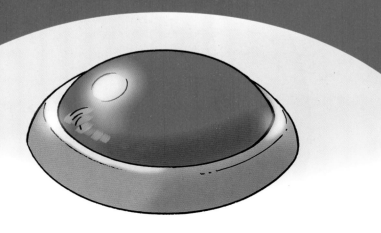

Il hurla :

– Si ! Je l'ai touchééééééééééé !

Je m'arrachai les moustaches de désespoir.

– Pourquoi as-tu fait cela ? Le professeur nous avait dit : *ne touchez* **JAMAIS** *le bouton rouge !*

Une voix métallique entama un compte à rebours :

– *MOINS DIX... MOINS NEUF... MOINS HUIT...*

Je hurlai, hystérique :

– *MOINS HUIT* ? Il manque *MOINS HUIT* à quoi ?

Je veux le savoir ! Ou plutôt, non, je ne veux peut-être pas le savoir ! Et maintenant, que fait-on ?

Je réfléchis à toute vitesse, puis criai :

– Au secouuuuuuurs !

Téa commenta lugubrement :

– Inutile de crier, de toute façon, personne ne peut nous entendre.

Cependant, la voix continuait :

– *MOINS SEPT... MOINS SIX... MOINS CINQ... MOINS QUATRE... MOINS TROIS... MOINS DEUX... MOINS UNE...*

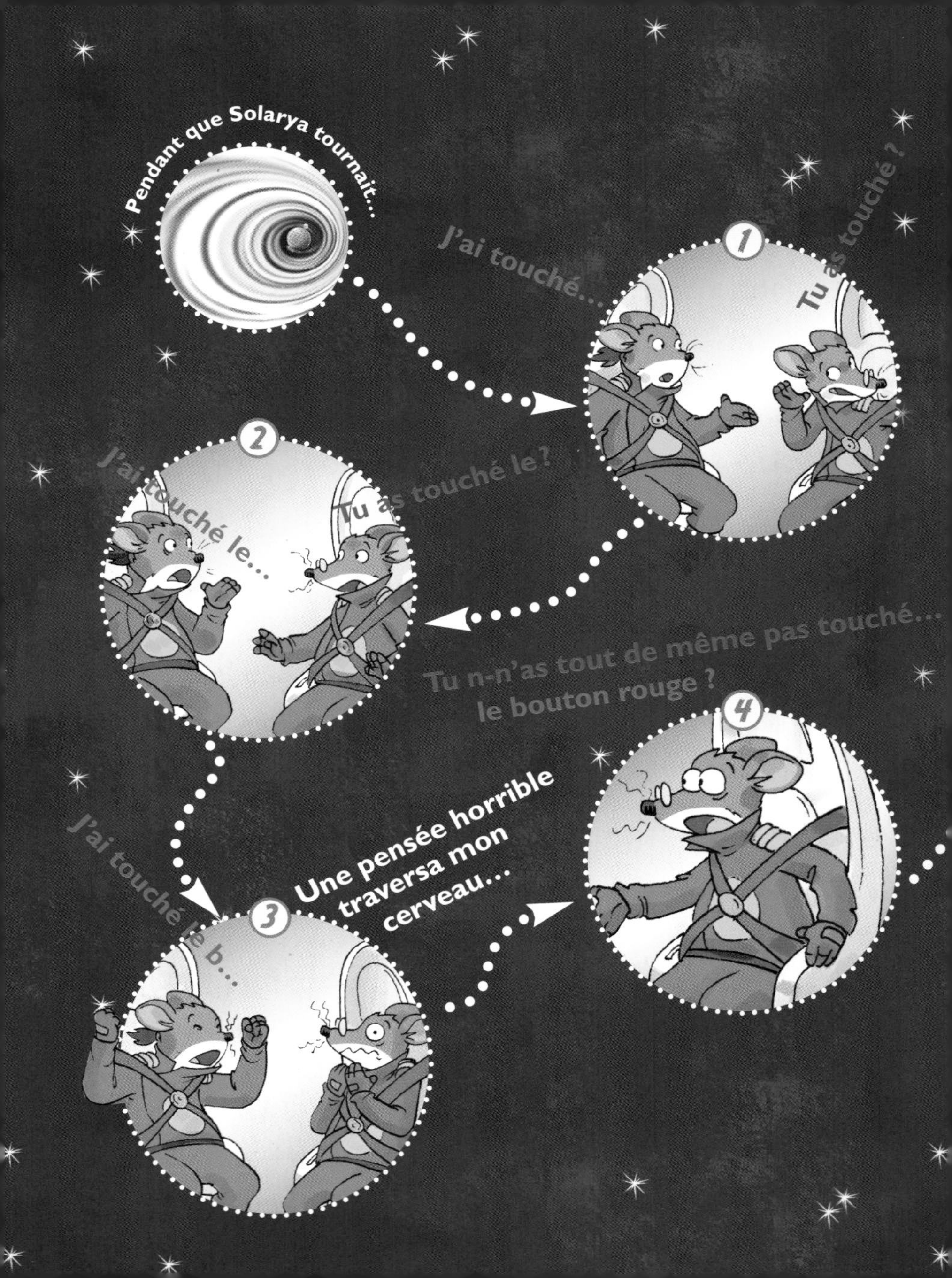
Pendant que Solarya tournait...
J'ai touché...
Tu as touché ?
J'ai touché le...
Tu as touché le ?
Tu n-n'as tout de même pas touché... le bouton rouge ?
J'ai touché le b...
Une pensée horrible traversa mon cerveau...

MOINS DIX... MOINS NEUF... MOINS HUIT...
MOINS SEPT... MOINS SIX... MOINS
CINQ... MOINS QUATRE...
MOINS TROIS... MOINS DEUX...
MOINS UNE...

BING !!!

J'entendis un bruit mystérieux…

BING !!!

Je hurlai :
– Au secouuuuuuurs ! Q-que se passe-t-il ?

1 D'un petit four sortirent cinq tartines au fromage !

2 Un projecteur aveuglant s'alluma !

3 Une chaîne stéréo diffusa une musique assourdissante !

4 Un appareil photo prit des photos au flash en rafale !

5 Une caméra vidéo commença à filmer !

6 Un guéridon avec cinq verres jaillit du plancher !

7 Une bouteille de coulis de fromage apparut !

VOILÀ À QUOI SERVAIT...
LE BOUTON ROUGE !

SOLARYA s'immobilisa. Après tout ce vacarme, nous étions complètement abasourdis. Quand nous sortîmes de la capsule, nous avions la tête qui tournait

Scouiiit !

Mais nous
étions heureux,
car qu'y a-t-il
de mieux que de
rentrer chez soi ?

Le museau du professeur Volt apparut : il souriait, ravi.

– Oh, je vois que vous avez découvert par vous-mêmes à quoi sert le **bouton rouge** !!!

J'avais la tête qui tournait encore, et je murmurai :

– Mais à quoi cela sert-il exactement, professeur ?

Il ricana :

– À fêter votre retour... *C'est pour cela que vous ne deviez jamais le toucher durant le voyage !*

Traquenard, vif comme l'éclair, se fourra une tartine dans la bouche.

– Miam, alors fêtons cela !

Tandis que nous dégustions le fromage, Volt me demanda, curieux :

– Alors, comment s'est déroulé votre VOYAGE DANS LE TEMPS ?

– Très bien, professeur. Mais il y a une chose qui me chiffonne. Quand nous étions à Chichén Itzá, j'ai essayé de sauver les précieux LIVRES MAYAS...

**Les parents de Volt se sont mariés et ont eu un enfant
(le professeur Volt).**

**Si les parents de Volt ne s'étaient PAS mariés, ils n'auraient PAS
eu de fils : dans ce cas, le professeur Volt n'existerait plus !**

Volt PÂLIT :

– Geronimo... vous... voulez... dire... que... vous... avez... essayé... de... sauver... les... livres... mayas ???

Surpris, je répondis :

– Oui !

Volt balbutia :

– Et... vous... les... avez... sauvés ?

Je soupirai :

– Non, hélas.

> **CONTINUUM SPATIO-TEMPOREL**
>
> Le temps est comme une ligne qui se prolonge sans interruption jusqu'à l'infini. Tout ce qui est arrivé dans le passé a des conséquences sur le futur.

Volt s$_a$u$_t$i$_l$l$_a$, tout heureux :

– Hourra !

Puis il expliqua :

– Si, lorsque l'on remonte dans le TEMPS, on modifie quelque chose, on court le RISQUE de *modifier ce qui s'est passé après* ! Par exemple, *si*, en remontant dans le temps, j'empêchais mes parents de se marier... *je n'existerais plus* ! Il ne faut JAMAIS interrompre le *continuum spatio-temporel* !

LA CLASSE
DE BENJAMIN

Cette explication était si intéressante que Benjamin demanda :

– **PROFESSEUR VOLT**, pourriez-vous venir parler du temps à ma classe ?

Le lendemain, nous nous rendîmes dans l'école de Benjamin. Ses camarades nous posèrent mille questions.

 Oliver, qui est le premier de la classe en SCIENCES, demanda à Volt :

– Professeur, qu'est-ce que le *continuum spatio-temporel* ?

Je suis Oliver !

Je suis Pandora !

Le professeur alla au tableau pour répondre à cette question et à bien d'autres.

Puis la maîtresse dit :

– Et maintenant, passons à l'histoire. Benjamin, ton exposé sur la vie quotidienne dans la **ROME ANTIQUE** est-il prêt ?

Benjamin chicota :

– Bien sûr !

Je suis l'institutrice de Benjamin !

Puis il commença à raconter à quoi ressemblaient les rues, les maisons, les vêtements, ce que l'on mangeait…

Quand il eut fini, l'institutrice s'exclama :

– Bravo ! Quel exposé intéressant !

Son amie Pandora, qui est une passionnée d'histoire, le félicita.

J'étais heureux pour mon petit neveu :

– Il faut FÊTER cela ! Nous allons donner une fête en costumes d'époque à *L'ÉCHO DU RONGEUR* !

UNE FÊTE... MASQUÉE !

Le lendemain, une foule de personnages bizarres se présentèrent à la porte de *L'ÉCHO DU RONGEUR* : la reine Cléopâtre d'Égypte, deux chevaliers en armure, un ancien romain sur son char, trois pirates, une momie, un dinosaure... C'étaient les *amis* de Benjamin !
Devinez qui s'était déguisé en *Napoléon Bonaparte* ?

Mon grand-père Honoré Tourneboulé, bien sûr ! On jouait une musique JOYEUSE et nombreuses furent les souris qui se mirent à danser.
Traquenard se moqua de moi :
— Cousin, pourquoi ne nous fais-tu pas une démonstration de véritable danse maya ?
Je rougis :
— Euh, euh... vraiment... je ne me sens pas inspiré...

Il ricana, d'un air rusé :

– Ah, c'est l'inspiration qui te manque ? C'est peut-être parce que, à *L'Écho du rongeur*, il n'y a pas ces **PETITS CADEAUX** que laissent les toucans ?

Tout le monde éclata de rire, même moi !

J'étais trop heureux pour me vexer !

Je m'assis pour grignoter une LICHETTE DE FROMAGE, et je m'aperçus que, autour de moi, défilaient toutes les époques de l'histoire… Ému, je m'exclamai :

– L'histoire, c'est nous !

? OÙ OÙ OÙ ?

Après la fête, nous sortions de *L'ÉCHO DU RONGEUR* quand le professeur Volt murmura :

– Geronimo, je vais te révéler un secret. Je projette déjà d'organiser un nouveau VOYAGE DANS LE TEMPS.

Benjamin, qui nous avait entendus, nous demanda, curieux :

– OÙ ?

Téa chicota, impatient :

– OÙ OÙ ?

Traquenard cria :

– OÙ OÙ OÙ ?

Volt ricana :

– La prochaine fois, nous voyagerons (ou plutôt vous voyagerez), qui sait ? peut-être à l'époque des MAMMOUTHS... peut-être dans la GRÈCE antique... peut-être à l'époque de LÉONARD DE VINCI... qui sait ?

QUI SAIT OÙ NOUS IRONS ?

Dans la Grèce antique ?

À l'époque de Léonard de Vinci ?

Au temps des Indiens d'Amérique ?

À l'époque des Mammouths ?

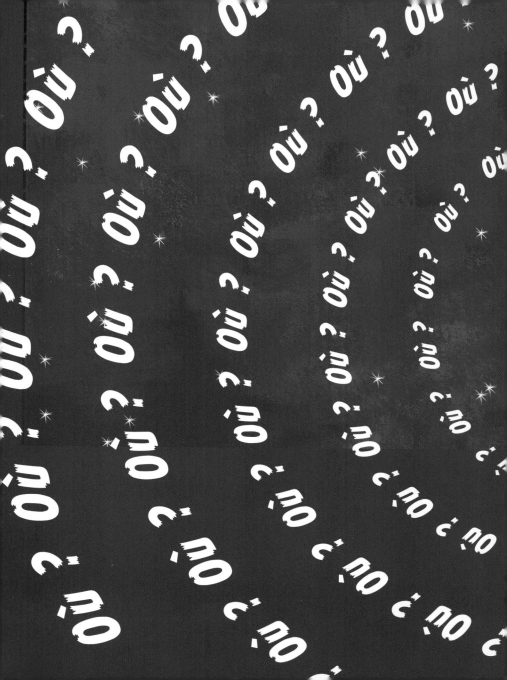

Volt ricana en se lissant les moustaches.

– Ce pourrait être un voyage affreux... ambitieux... astucieux... avalancheux... AVENTUREUX... baveux... belliqueux... besogneux... boiteux... boueux... brumeux... cahoteux... calamiteux... caoutchouteux... capricieux... cauchemardeux... cérémonieux... chaleureux... chatouilleux... chichiteux... coléreux... consciencieux... copieux... courageux... coûteux... crémeux... CURIEUX... dangereux... désastreux... duveteux... *épineux*... fabuleux... facétieux... fameux... faramineux... fastueux... fiévreux... fromageux... furieux... généreux... glorieux... gracieux... harmonieux... hasardeux... heureux... houleux... impétueux... joyeux... lumineux... malchanceux... malicieux... mélodieux... miraculeux... moisi... montagneux... moyenâgeux... mystérieux... nauséeux... nuageux... officieux... onéreux... orageux... pagailleux... périlleux... pluvieux... poussiéreux... PRÉCIEUX... prestigieux... prodigieux... radieux... RISQUÉ... ruineux... savoureux... scandaleux... somptueux... studieux... tempétueux... torrentueux... VAPOREUX... vertigineux... vigoureux... victorieux... bref, êtes-vous prêts à repartir ?

Nous nous écriâmes
en chœur :
– Vive
le prochain
voyage dans le temps !

L'histoire, c'est nous !

Chers amis, je vais vous révéler un secret.

Au cours de ce voyage, j'ai rencontré des princes et des princesses, des rois et des reines, j'ai même parlé avec le Roi-Soleil en personne !
J'ai également fait la connaissance d'une foule de personnes simples : des paysans, des artisans et même (hélas !) des esclaves.
Nous nous sommes liés d'amitié : j'ai partagé leurs repas, leurs joies et leurs soucis.
Eux aussi, avec leurs petites histoires, font partie de l'Histoire (avec un H majuscule !).

J'ai également découvert que, lorsqu'on est avec ses amis, on a une grande force et que l'on peut changer les choses : on peut même changer le monde ! Savez-vous pourquoi ? Parce que l'histoire de demain, c'est nous qui l'écrivons aujourd'hui, en vivant jour après jour dans la paix et dans l'harmonie, en nous aidant mutuellement...

L'histoire, c'est nous !

Chers amis rongeurs,
j'espère que cette aventure vous a plu.
Et je souhaite que ce VOYAGE DANS LE TEMPS
vous inspire la passion que j'ai pour l'histoire
et la curiosité d'en savoir davantage…
Parce que ce qui a été nous aide
à mieux comprendre ce que nous sommes
et ce qui sera !

Geronimo Stilton

CARNET DE VOYAGE

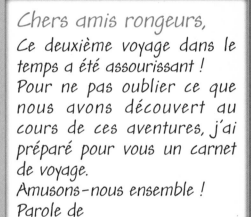

Chers amis rongeurs,

Ce deuxième voyage dans le temps a été assourissant ! Pour ne pas oublier ce que nous avons découvert au cours de ces aventures, j'ai préparé pour vous un carnet de voyage.

Amusons-nous ensemble !

Parole de

Geronimo Stilton

ROME
ANTIQUE

IMAGINE QUE TU ES AU CIRQUE MAXIME.

TU ASSISTES À UNE COURSE DE CHARS. ÉCRIS

LE REPORTAGE SUR LA COURSE, COMME SI TU ÉTAIS

UN JOURNALISTE SPORTIF DE L'ANTIQUITÉ...

Les concurrents sont sur la ligne de départ.

Ils s'appellent :

CHIFFRES ROMAINS

1 = I	6 = VI
2 = II	7 = VII
3 = III	8 = VIII
4 = IV	9 = IX
5 = V	10 = X

Au premier virage, passe en tête…

Au second virage…

Enfin, le premier arrivé est le char de…

VOICI LE CLASSEMENT DE LA COURSE :

I

II

III

IV

V

VI

LA COURONNE DE LAURIERS

IL TE FAUT :
- 1 carton marron épais
- 1 bristol vert
- 1 agrafeuse
- 1 feutre marron
- de la colle en bâton
- des ciseaux à bouts ronds
- 1 ruban rouge

I Demande de l'aide pour prendre les mesures de ta tête.

II Découpe une bande de carton de 2 cm de hauteur et de la même longueur que ton tour de tête.

III Recopie 30 fois la silhouette de la feuille sur le bristol vert.

IV Découpe les feuilles de laurier avec les ciseaux à bouts ronds.

V Avec le feutre marron, trace une ligne au milieu des feuilles pour faire la nervure centrale.

VI Colle les feuilles sur les deux bords de la couronne, en les superposant légèrement. Laisse bien sécher la colle.

VII Demande de l'aide pour fermer la couronne avec l'agrafeuse. Entoure le ruban rouge à l'arrière de la couronne, puis fais un joli nœud.

Copie et découpe cette feuille !

MOSAÏQUE ROMAINE

IL TE FAUT :
- 1 feuille de papier à dessin épais blanc
- 5 feuilles de papier coloré : rouge, bleu, bleu ciel, jaune et blanc
- 1 crayon
- 1 règle
- des ciseaux à bouts ronds
- de la colle en bâton

I Sur le bristol blanc, dessine au crayon un croissant de lune et un nuage.

II Avec la règle et le crayon, trace des lignes sur les feuilles de papier de couleur, pour obtenir des petits carrés de 1 cm de côté, comme si tu dessinais un échiquier.

III À l'aide des ciseaux à bouts ronds, découpe les petits carrés de chaque feuille : ce sont les tesselles de couleur pour la mosaïque.

IV Colle les petits carrés rouges sur le pourtour de la feuille de papier à dessin : tu obtiendras ainsi un cadre.

V Remplis le fond du dessin en collant les petits carrés bleus et bleu ciel : tu as fait le ciel !

VI Maintenant, colle les petits carrés jaunes à l'intérieur de la silhouette de la lune, en recoupant les angles pour faire l'arrondi. Puis colle les petits carrés blancs dans la silhouette des nuages.

Voilà une splendide mosaïque romaine !

LE PAIN
DE CÉSAR

IL TE FAUT :
- 500 g de farine de châtaigne
- 200 ml d'eau tiède
- 3 cuillerées à soupe d'huile d'olive
- 1 pincée de sel

Temps de préparation :

30 min.

AVANT DE COMMENCER, DEMANDE L'AIDE D'UN ADULTE !

I Verse la farine sur un plan de travail. Au centre, ajoute le sel et l'huile.

II Petit à petit, verse l'eau tiède et mélange le tout avec les doigts jusqu'à obtenir une pâte souple, qui ne colle pas aux mains.

III À l'aide d'un rouleau, étale la pâte pour qu'elle soit fine.

IV Graisse une plaque à pâtisserie avec un peu d'huile. Mets la pâte dessus de façon à recouvrir toute la plaque.

V Fais cuire le pain dans un four à 180° pendant 15 minutes.

VI Sors la plaque du four, laisse refroidir le pain, puis découpe-le en tranches. Bon appétit !

Et voilà !

UNE FÊTE COSTUMÉE
– L'INVITATION –

IL TE FAUT :
- des feutres de couleur
- des ciseaux à bouts ronds
- du ruban de couleur
  (20 cm par invitation à réaliser)

I Photocopie la page d'à côté autant de fois que tu as d'amis à inviter.

II Colorie le dessin et remplis les invitations avec le nom de tes amis, la date et l'heure de la fête, ton adresse et ton numéro de téléphone.

III Enroule l'invitation et noue le ruban coloré autour.

IV Distribue les invitations à tes amis au moins une semaine avant la fête.

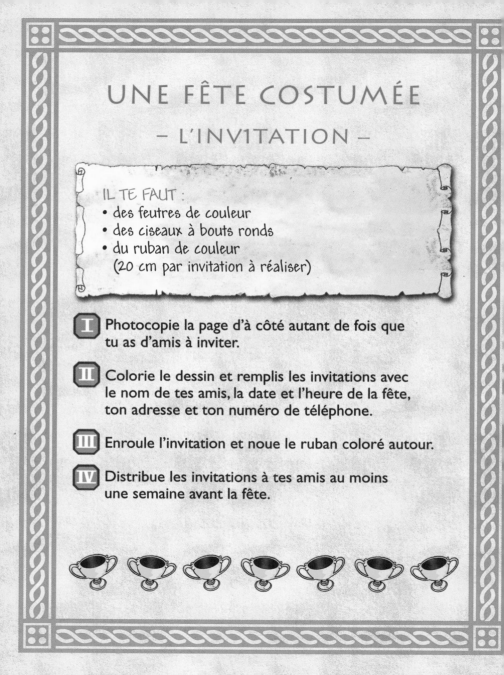

POUR MON AMI/E

....

LE

....

À

....

NE PRENDS PAS D'AUTRES
RENDEZ-VOUS !
JE T'ATTENDS À LA
FÊTE ROMAINE QUI SE
DÉROULERA CHEZ MOI

RUE............................... !

POUR CONFIRMER,
TÉLÉPHONE-MOI AU

N° ....

– LE COSTUME –

IL TE FAUT :
- 1 vieux drap blanc
- 3 rubans marron, 2 longs et un court
- des ciseaux à bouts ronds

I Découpe le drap en deux dans la largeur : tu obtiens ainsi deux draps plus petits.

II Prends le premier drap dans le sens de la longueur, enroule le ruban le plus court au milieu du drap et fais un nœud.

III Pose la partie nouée sur ton épaule droite.

IV En partant d'en haut, élargis le drap sur les hanches. Retiens-le à la taille en utilisant comme ceinture un des deux longs rubans.

V À présent, prends l'autre drap et pose-le sur l'épaule gauche.

VI Attache-le à la taille en utilisant l'autre ruban comme ceinture.

– LES SANDALES –

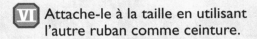

IL TE FAUT :
- 2 rubans marron longs de 60 cm
- 1 paire de semelles marron à ta pointure
- 1 perforeuse

I Dans la partie la plus large de la semelle, près des bords, fais deux trous sur le côté droit et deux trous sur le côté gauche.

II Enfile l'extrémité d'un des deux rubans dans un des trous.

III Fais de même avec l'autre extrémité du ruban dans le trou d'en face. Puis enfile chaque extrémité du ruban dans le trou libre du côté opposé.

IV Mets les sandales et attache les deux extrémités du ruban autour de ta cheville.

V Et voilà deux très belles sandales de la Rome antique !

JEUX ROMAINS

LES NOIX

Les Romains avaient inventé un jeu
très amusant avec les noix : ils en
déposaient trois par terre, l'une à côté
de l'autre, de manière à former un
petit triangle. Puis ils faisaient tomber
dessus une quatrième noix, qui devait
rester en équilibre sur les autres.
Essaie !

LES POUPÉES

Elles étaient en bois ou en ivoire, avec des membres
articulés. Elles avaient des vêtements et même des
coiffures à la mode !

LES QUILLES

Savais-tu que les Romains
jouaient au bowling ? Leurs
quilles étaient en bois, tandis
que la boule était en cuir et
remplie de plumes !

LE LABYRINTHE
DE MINERVE

Départ

Arrivée

CHERCHEZ L'ERREUR !

Découvre, dans cette image de la Rome antique,
les objets modernes qui ne devraient pas y figurer.

*Solution : les frites, les tomates, l'ananas et le thé ne sont arrivés en Europe
qu'après la découverte de l'Amérique, et la sauce ketchup est une recette
moderne !*

MAYAS

Tu es un explorateur dans la forêt tropicale du Yucatán. Raconte tes aventures !

PLANTS DE HARICOTS

Les Mayas cultivaient les haricots. Tu peux en faire pousser, toi aussi. C'est très facile !

IL TE FAUT :
- 1 coupelle
- 1 poignée de haricots
- du coton
- de l'eau

1 Tapisse le fond de la coupelle avec du coton.

2 Dépose les haricots sur le coton, en les écartant les uns des autres.

3 Arrose-les copieusement et place la soucoupe dans un endroit lumineux : pour pousser, les plantes ont besoin d'eau, mais aussi de lumière ! N'oublie pas de les arroser régulièrement.

4 Au bout de quelques jours, les premières racines sortent !

5 Observe les petits plants de haricots qui germent ! Si tu prends bien soin d'eux, tu les verras grandir jour après jour.

6 Quand les plants ont atteint une hauteur de 5-6 cm, plante les germes dans un pot de terre ou au jardin.

7 Si tu es patient, au bout de quelques mois, tu verras grandir les haricots et tu pourras demander à ta maman de les cuisiner !

CHOCOLAT MAYA

IL TE FAUT (POUR 4 TASSES) :
- 150 g de chocolat à cuire
- 3 cuillerées à soupe de sucre
- 1/2 sachet de sucre vanillé
- 1 tasse d'eau
- 4 tasses de lait

Temps de préparation :

15 min.

AVANT DE COMMENCER, DEMANDE L'AIDE D'UN ADULTE !

1 Dans une assiette, casse le chocolat en morceaux.

2 Mets les morceaux de chocolat dans une casserole et fais-les fondre à feu doux, en ajoutant l'eau petit à petit et en mélangeant continuellement avec une cuillère en bois. Puis retire la casserole du feu.

3 Dans une autre casserole, réchauffe le lait pendant quelques minutes.

4 Ajoute le lait chaud au chocolat fondu et continue à mélanger. Fais attention : il faut éviter les grumeaux !

5 Ajoute enfin le sucre et fais cuire le chocolat pendant 5 minutes encore.
Sers le chocolat bien chaud : c'est tellement bon que tout le monde s'en léchera les moustaches !

UNE FÊTE COSTUMÉE
- L'INVITATION -

IL TE FAUT :
- des feutres de couleur
- des ciseaux à bouts ronds
- du ruban de couleur
  (20 cm par invitation à réaliser)

1 Photocopie la page d'à côté autant de fois que tu as d'amis à inviter.

2 Colorie le dessin et remplis les invitations avec le nom de tes amis, la date et l'heure de la fête, ton adresse et ton numéro de téléphone.

3 Enroule l'invitation et noue le ruban coloré autour.

4 Distribue les invitations à tes amis au moins une semaine avant la fête.

POUR MON AMI/E

....

LE

....

À

....

Ne prends pas d'autres
rendez-vous !
Je t'attends à la fête maya
qui se déroulera chez moi

Rue.. !

Pour confirmer,
téléphone-moi au

N°..

- LE COLLIER DE JADE -

IL TE FAUT :
- 8 macaronis longs
  et 8 macaronis courts
- 1 fil élastique de 50 cm
- 1 feutre
- de la gouache vert émeraude

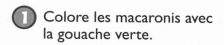

1 Colore les macaronis avec la gouache verte.

2 Quand ils sont secs, enfile-les sur le fil élastique en faisant alterner les longs et les courts.

3 Puis noue le fil et mets ce sympathique collier maya autour de ton cou.

- LA PARURE -

IL TE FAUT :
- 1 feuille de bristol bleue et une verte hautes de 21 cm
- 1 feuille de bristol marron de 30 x 10 cm
- 1 crayon
- des ciseaux à bouts ronds
- de la colle en bâton

1. Sur le bristol bleu, dessine quatre plumes hautes de 21 cm. Répète l'opération sur le bristol vert.

2. Découpe les plumes à l'aide des ciseaux à bouts ronds.

3. Colle les plumes sur le bord du carton marron. Laisse sécher la colle.

4. Pose cette parure sur ta tête, et attache les deux extrémités en les fixant avec de la colle.

Silhouette à recopier sur le bristol

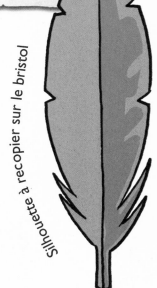

DANSE ET FAIS DE LA MUSIQUE AVEC LES MAYAS

Pour danser, il faut d'abord un peu de musique ! Voici comment fabriquer des maracas.

IL TE FAUT :
- des petites bouteilles de plastique vides
- des légumes secs ou du riz
- du ruban adhésif
- de la colle en bâton
- des bristols de couleur
- des échantillons de laine de couleurs variées

1 Remplis les bouteilles avec les légumes ou avec le riz.

2 Recouvre-les de bristols de couleur et décore-les selon ton goût, par exemple avec des triangles, des cercles et des carrés de diverses couleurs.

3 Autour du goulot des bouteilles, noue plein de brins de laine colorés.

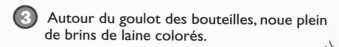

ASTRONOMIE MAYA

Pour les Mayas, la planète
Vénus était très importante,
et ils étaient arrivés à calculer
sa trajectoire dans le ciel.
Et toi, sais-tu trouver Vénus
en regardant le ciel nocturne ?

Regarde à l'ouest, c'est-à-dire
à gauche du soleil, peu après
le couchant : Vénus est la
première étoile du soir et elle
est si lumineuse qu'elle est visible
même s'il y a encore un peu de
lumière du jour !

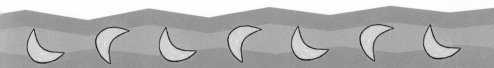

Voici la première étoile du soir !

LE LABYRINTHE DE LA FORÊT

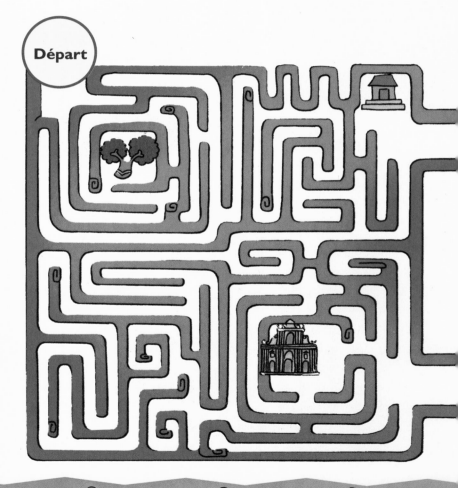

Départ

Arrivée

CHERCHEZ L'ERREUR !

Découvre, dans cette image d'un village maya, les objets modernes qui ne devraient pas y figurer.

Imagine que tu es le Roi-Soleil.

Aujourd'hui, c'est ton anniversaire.

Comment organiserais-tu la fête ?

Comment t'habillerais-tu ?

Quel spectacle y aurait-il ?

Quel serait le menu du banquet ?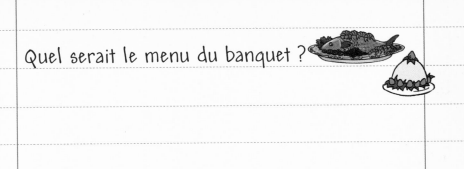

Qui serait la dame ou le cavalier de ton cœur ?

Quel cadeau recevrais-tu ?

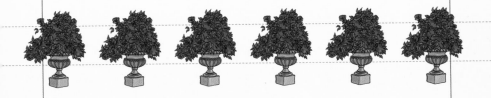

LA BAGUE
DU ROI-SOLEIL

1 À l'aide de la règle, dessine sur le papier deux rectangles de 8 cm de longueur et de 3 cm de largeur.

2 Découpe ces deux rectangles avec les ciseaux à bouts ronds.

3 Humecte l'un des rectangles avec un peu d'eau, prends-le dans le sens de la largeur et enroule-le sur lui-même.

4 Enroule-le autour de ton index, prends la mesure de ton doigt, découpe le morceau de papier en trop et colle les deux extrémités pour former une bague.

5 Humecte l'autre rectangle et répète l'opération décrite au 3. Cette fois, enroule le papier sur lui-même comme un escargot et colles-en l'extrémité.

6 Colore la bague et l'escargot avec la peinture dorée et laisse bien sécher.

7 Colle l'escargot sur la bague de carton, puis décore l'escargot en collant dessus les petites perles de couleur. Voici la bague du Roi-Soleil !

FRAISES
À LA MODE DU ROI

INGRÉDIENTS
(pour 4 personnes) :
- 1 barquette de fraises
- 1 sachet de sucre vanillé
- sucre glace
- crème Chantilly

Temps de préparation :

15 min.

Plus le temps de repos au réfrigérateur
(2 heures)

AVANT DE COMMENCER, DEMANDE L'AIDE D'UN ADULTE !

1. Lave soigneusement et équeute les fraises.

2. Coupe les fraises en deux et place-les dans un saladier.

3. Dans un bol, mélange un peu de sucre glace avec le sucre vanillé, puis saupoudres-en les fraises.

4 Recouvre le saladier avec un film alimentaire.

5 Mets les fraises au réfrigérateur et laisse-les reposer pendant 2 heures environ.

6 Avant de servir, retourne les fraises avec une cuillère, puis répartis-les dans 4 petites coupes.

7 Enfin, décore le tout avec de la crème Chantilly ; ce sera un vrai délice !

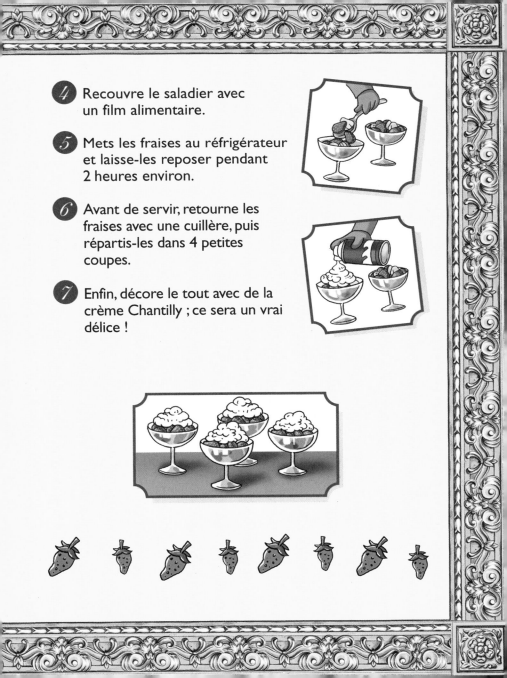

LE CARTON D'INVITATION

IL TE FAUT :
- des feutres de couleur
- des ciseaux à bouts ronds
- du ruban de couleur
  (20 cm par invitation à réaliser)

1 Photocopie la page d'à côté autant de fois que tu as d'amis à inviter.

2 Colorie le dessin et remplis les invitations avec le nom de tes amis, la date et l'heure de la fête, ton adresse et ton numéro de téléphone.

3 Enroule l'invitation et noue le ruban coloré autour.

4 Distribue les invitations à tes amis au moins une semaine avant la fête.

POUR MON AMI/E

....

LE

....

À

....

NE PRENDS PAS D'AUTRES
RENDEZ-VOUS !
JE T'ATTENDS À LA GRANDE FÊTE
ROYALE QUI SE DÉROULERA CHEZ MOI

RUE... !!!

POUR CONFIRMER
TÉLÉPHONE-MOI AU

N°...

LE COSTUME DE PRINCESSE

IL TE FAUT :
- 1 chemise de nuit à manches longues
- 1 ruban rose
- 2 sacs plastique
- 1 morceau de tissu rose aussi long que la chemise de nuit
- des journaux

1 Remplis les sacs plastique avec les journaux roulés en boule : ils serviront à faire gonfler la jupe !

2 Passe la chemise de nuit. Puis utilise le ruban comme ceinture et attache un sac de chaque côté.

3 Prends le tissu rose du côté le plus court et attache-le à ta taille en nouant les deux angles.

4 Recouvre les sacs avec le tissu rose et… danse bien au bal !

LE COSTUME
DE PRINCE

IL TE FAUT :
- 1 chemise blanche
- 1 bande de tissu de couleur
- 1 pantalon bleu de survêtement
- 1 carton long de 40 cm
- des chaussettes blanches
- des ciseaux à bouts ronds
- du ruban adhésif

1 Mets la chemise blanche et le pantalon de survêtement. Remonte le pantalon jusqu'aux genoux.

2 Mets les chaussettes et glisse la chemise à l'intérieur du pantalon.

3 Noue la bande de tissu de couleur à ta taille.

4 Avec l'aide d'un adulte, découpe, dans un vieux carton, deux bandes, l'une de 20 cm, l'autre de 40 cm. Puis réunis-les avec le ruban adhésif : voici l'épée du prince !

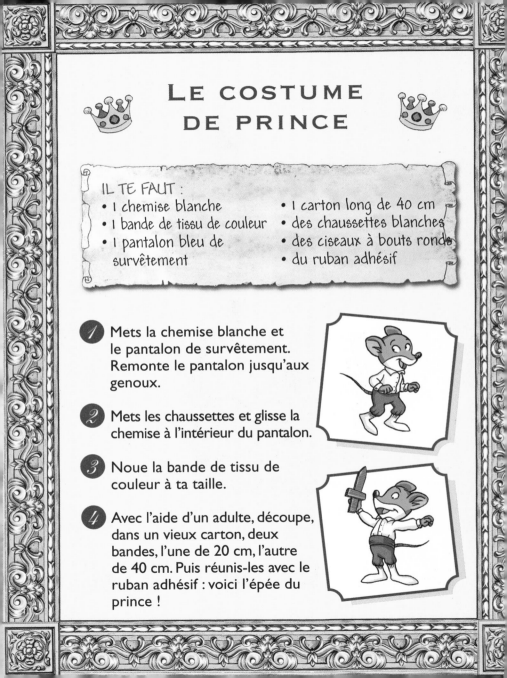

CHERCHEZ L'ERREUR !

Découvre, dans cette image des jardins royaux, les objets modernes qui ne devraient pas y figurer.

Solution : la planche à roulettes, l'appareil photo, la tondeuse à gazon et la petite voiture télécommandée sont des objets modernes !

LE NOBLE CAVALIER

Colle ici une photo de ton visage ou de celui d'un ami.
Amuse-toi bien !

LA BELLE DAME

Colle ici une photo de ton visage ou de celui d'une amie.
Amuse-toi bien !

LE LABYRINTHE DES JARDINS DE VERSAILLES

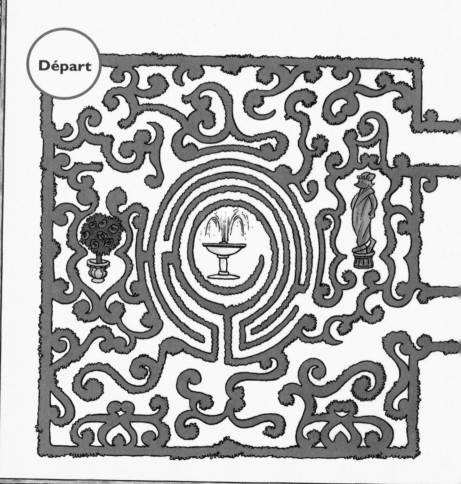

Départ

Arrivée

AU TEMPS DE LA ROME ANTIQUE

AU TEMPS DES MAYAS

Au temps du Roi-Soleil

Je dédie ce livre à la petite et courageuse Elena Bellorofonte, que j'aime tant !

Texte : Geronimo Stilton.
*Basé sur une idée originale d'*Elisabetta Dami.
Edition : Isabella Salmoirago.
Coordination éditoriale : Piccolo Tao *et* Topatty Paciccia.
Consultant texte : Diego Manetti, Eugenia Dami,
Patrizia Puricelli.
Direction artistique : Roberta Bianchi.
Assistante artistique : Lara Martinelli.
Graphisme : Merenguita Gingermouse, Yuko Egusa *et* Sara Baruffaldi.
Collaboration éditoriale : Studio Editoriale Littera (pour le CARNET DE VOYAGE).
Illustrations : Danilo Barozzi, Silvia Bigolin, Giorgio Campioni, Daria Cerchi, Sergio Favret, Giuseppe Ferrario, Umberta Pezzoli, Sabrina Stefanini *et* Archivio Piemme. *Environnement 3D :* Davide Turotti.
Couleurs : Christian Aliprandi.
Un grand merci à P.P.D.P *et* M.A. *Traduction :* Titi Plumederat

© 2006 – EDIZIONI PIEMME S.p.A. – 15033 Casale Monferrato (AL)
Via Galeotto del Carretto, 10 – www.edizpiemme.it – info@edizpiemme.it –,
sous le titre *Viaggio nel Tempo - 2*
International rights © Atlantyca S.p.A – Via Leopardi, 8 – 20123 Milan,
Italie www.atlantyca.com – contact : foreignrights@atlantyca.it
www.geronimostilton.com

© 2008 – Albin Michel Jeunesse – 22, rue Huyghens, 75014 Paris

Loi 49-956 du 16 juillet 1949 sur les publications destinées à la jeunesse

Dépôt légal : second semestre 2008

N° d'édition : 17470/3

ISBN-13 : 978 2 226 18621-8

Stilton est le nom d'un célèbre fromage anglais. C'est une marque déposée de Stilton Cheese Maker's Association. Pour plus d'information vous pouvez consulter le site www.stiltoncheese.com

Stampa: Mondadori Printing S.p.A. - Stabilimento AGT   VisXo   † M.A.

Dans la même collection

FIN